# 古诗词里的博物学

## 童趣盈盈

李山 主编

中国水利水电出版社
www.waterpub.com.cn
·北京·

## 内 容 提 要

《古诗词里的博物学》系列共四册，各册为《虫鸟啾啾》《草木蓁蓁》《山水绵绵》《童趣盈盈》，分别以动物、花草、山水、游戏为主题，并做相关的知识延伸，介绍各种动物的习性、花草的历史、山水古迹的文化以及传统的娱乐形式，文后设置了生动有趣的游戏互动版块，配有精美的名家古画，让孩子在感受古诗词魅力的同时，爱上古诗词，开阔眼界，了解传统文化知识和有趣的冷知识，提高对文化艺术的审美和鉴赏能力。

**图书在版编目（CIP）数据**

古诗词里的博物学. 童趣盈盈 / 李山主编. -- 北京：中国水利水电出版社，2022.1（2022.10 重印）
ISBN 978-7-5226-0325-4

Ⅰ. ①古… Ⅱ. ①李… Ⅲ. ①古典诗歌－诗歌欣赏－中国－少儿读物②游戏－中国－古代－少儿读物 Ⅳ. ①I207.2-49②G898-49

中国版本图书馆CIP数据核字(2021)第262872号

| | |
|---|---|
| 书　　名 | 古诗词里的博物学（全四册）<br>GUSHICI LI DE BOWUXUE（QUAN SI CE） |
| 作　　者 | 李山　主编 |
| 出版发行 | 中国水利水电出版社<br>（北京市海淀区玉渊潭南路1号D座　100038）<br>网址：www.waterpub.com.cn<br>E-mail：sales@mwr.gov.cn<br>电话：（010）68545888（营销中心） |
| 经　　售 | 北京科水图书销售有限公司<br>电话：（010）68545874、63202643<br>全国各地新华书店和相关出版物销售网点 |
| 排　　版 | 北京水利万物传媒有限公司 |
| 印　　刷 | 天津旭非印刷有限公司 |
| 规　　格 | 260mm×250mm　12开本　31.5印张（总）　149千字（总） |
| 版　　次 | 2022年1月第1版　2022年10月第2次印刷 |
| 定　　价 | 198.00元（全四册） |

# 目录

# 村居

［清］高鼎

草长莺飞二月天，拂堤杨柳醉春烟。

儿童散学归来早，忙趁东风放纸鸢(yuān)。

注释

**拂堤杨柳：**垂下的柳枝来回摆动，像在抚摸堤岸。 **醉：**陶醉。

**春烟：**春天水泽蒸发的雾气。 **散学：**放学。 **东风：**春风。

**纸鸢：**泛指风筝。鸢，老鹰，一般风筝做成老鹰等动物的形状。

韵解

在青草生长黄莺飞舞的二月间，细长柳条抚摸堤岸让人沉醉在春天。

村里的儿童早早地放学回到家，赶忙趁着东风吹拂把风筝放上蓝天。

## 放风筝

放风筝是民间的传统游戏，起源于春秋战国时期。

## 风筝的别称

纸鸢、风鸢、纸鹞(yào)、风琴、鹞子。

## 发展中的重要人物

春秋的墨翟(dí)：以木头制成木鸟，研制三年而成，是风筝的最早雏形。

春秋的鲁班：用竹子制成喜鹊模样的风筝，称为“木鹊”。

东汉的蔡伦：改进造纸术，使人们可以用纸做风筝，称纸鸢。

## 作为古代通信工具的风筝

秦汉：据说垓(gāi)下之战时，项羽军队被困，韩信派人用牛皮制作风筝，上绑竹笛，汉军配合笛声唱起楚歌，涣散楚军士气。这就是四面楚歌的故事。

南朝：梁武帝被侯景兵困南京，羊侃用风筝送出求援诏书。

北齐：元韶被囚地牢，其堂弟制作风筝，二人从高楼乘风筝飞逃。

唐朝：张丕被围困时曾利用风筝传信求救，取得了成功。

## 风筝的升级玩法

玩者放开线轴上的丝线，跑步将风筝放飞到空中。然后与对方在空中的风筝相互缠绕，线不断者为胜。

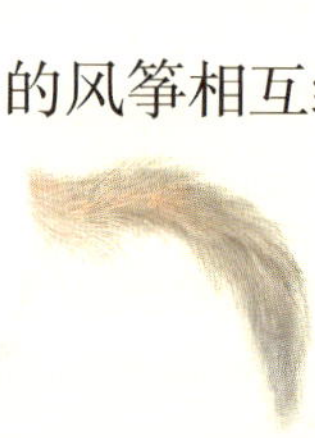

风筝的造型多种多样，判断左边哪种动物不适合用来做风筝造型。

# 池上二绝·其一

［唐］白居易

山僧对棋坐，局上竹阴清。

映竹无人见，时闻下子声。

注释　**山僧：**山寺的僧人。　**对棋：**相对而坐下棋。　**下子：**放下棋子。

韵解　山中僧人，相向坐定；竹林成阴，遮盖棋枰(píng)。

无人看见，竹林幽静；时时听到，落棋子声。

胡呉迅

劉廣平

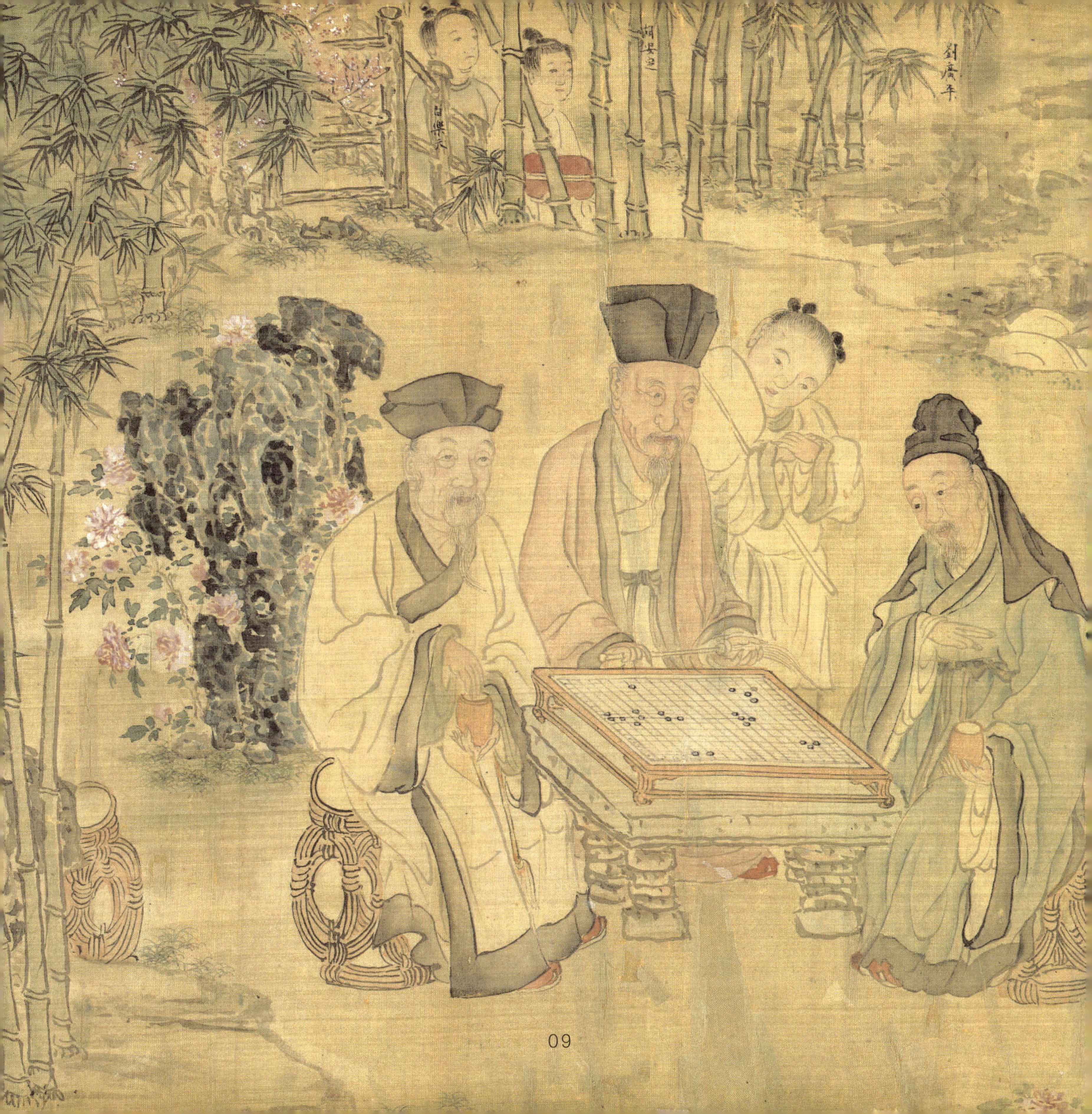

白樂天

## 下棋

下棋是博弈的一种，是兼具对抗性和竞技性的娱乐活动。

## 棋类游戏举例

象棋：中国传统棋类游戏。相传为舜的弟弟象发明，韩信改良后，有了棋盘上的“楚河汉界”。擅玩名人：杨慎、袁枚。

围棋：古时称“弈”，是棋类游戏的鼻祖，相传为尧帝发明，别名众多，如坐隐、烂柯、乌鹭、玉楸(qiū)枰等。擅玩名人：阮籍、王积薪。

六博：掷采行棋的游戏，因使用六根博箸而称为六博，以吃子为胜。擅玩名人：李白、韩愈。

樗蒲(chū pú)：汉末盛行的棋类游戏，所用黑白五枚骰子。骰子最初由樗木制成，故称樗蒲，类似今天的飞行棋。擅玩名人：鸠摩罗什(jiū mó luó shí)、杨国忠。

双陆：汉魏时期出现的棋盘游戏，又叫“握槊(shuò)”“长行”，为曹植发明。擅玩名人：曹植、武三思。

格五：又叫博塞、蹙(cù)戎，两汉至南北朝流行。双方各执黑白棋五枚，每次移一步，遇对方则跳过，先到敌境为胜。擅玩名人：沈文季。

左边为李白和杜甫，猜猜他们见面后，有可能下什么棋？

# 池上二绝·其二

［唐］白居易

小娃撑小艇，偷采白莲回。

不解藏踪迹，浮萍一道开。

注释　**撑**：撑篙。　**艇**：船。　**解**：知道。　**踪迹**：指被小艇划开的浮萍痕迹。　**浮萍**：浮在水面的水生植物，夏季开白花。

韵解　小娃娃摇着小船，偷偷采摘白莲返还。
不知道遮掩踪迹，浮萍痕迹留在水面。

## 观莲节

旧俗里，农历六月二十四日为荷花的生日，即观莲节。每逢这天，江南水乡的人们都泛舟赏莲，饮酒作诗，为莲庆寿，晚上则在湖中放荷花灯祈福。

## 古代的莲花饮食

唐朝：绿荷包饭，即今广东名吃“荷包饭”。

宋朝：玉井饭，用莲子和莲叶做成。

明清时期：时兴酿莲花酒。慈禧太后曾把自制的白莲花酒赏给大臣，称为“玉液琼浆”。

## 跟荷花有关的娱乐形式——碧筒饮

碧筒饮出现于曹魏时期。宴席上，人们用荷叶盛酒，再用簪(zān)子刺透叶柄，以柄为管，吸饮荷叶上的酒。

唐朝宰相李宗闵(mǐn)曾经临水设宴。席上，人们将盛满美酒的荷叶系紧，然后放在嘴边，用筷子刺一孔，一口饮下。

判断左边三幅图中，哪幅图中的荷叶适合做碧筒饮的游戏。

# 与小女

［唐］韦庄

见人初解语呕哑，不肯归眠恋小车。
一夜娇啼缘底事，为嫌衣少缕金华。

注释 **初解**：开始听懂。 **呕哑**：象声词，小孩子的说话声。 **小车**：鸠(jiū)车，一种儿童玩具。 **缘底事**：因为何事。 **为**：因为。 **嫌**：不满意。 **缕金华**：用金线绣的花。

韵解 刚懂大人说话就咿咿呀呀，因为爱玩小车迟迟不肯睡下。
整晚撒娇哭闹到底是为啥，原来嫌弃衣服缺少金线绣花。

## 诗中的“小车”是什么车？

本诗中的“小车”为鸠车，其整体为一个大斑鸠的形状，胸前系有小铃铛，爪部两侧安有轮子，背上还站立一个小斑鸠。

鸠车主要流行于汉代到西晋，隋唐后只是作为儿童游戏的代称，不再流行。材质多以青铜为主，有的为陶制。

## 为什么大斑鸠上站着小斑鸠？

在古代，鸠鸟是舐犊情深和孝道的代表，汉代会授予七十岁以上的老人鸠杖。鸠车上大鸟背负小鸟，能让儿童在游戏中体会尊老爱幼的美德。

## 鸠车的玩法

用线绳穿过鸠车胸前的小孔，牵拉线绳使鸠车前进。用力拉，鸠车尾部上翘；轻轻拉，鸠车尾部则贴地。这正是模仿鸠鸟飞翔和行走的姿态。

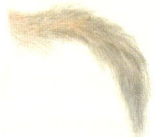

判断左边哪类动物可用来做小车。

# 杂忆五首·其三

[唐]元稹

寒轻夜浅绕回廊，不辨花丛暗辨香。
忆得双文胧月下，小楼前后捉迷藏。

注释 **寒轻：**微寒。 **夜浅：**还没到深夜。 **暗辨香：**暗中辨认香气。 **忆得：**记得。 **双文：**诗人年轻时候的爱人。

韵解 浅夜微寒时穿绕到回廊，在花香里暗暗辨认你的芳香。记得双文在皎皎月光下，跑到了小楼前后和我捉迷藏。

## 捉迷藏的来历

相传，唐明皇和杨贵妃在月光下游戏，二人轮流用锦帕蒙住眼睛，互相捕捉。杨贵妃年轻，每次都能轻易捉住唐明皇。而唐明皇年老，难以捉住杨贵妃。

后来，杨贵妃就故意在衣服上挂许多香囊，引明皇捉，明皇最后只捉住满手香囊。杨贵妃把这个游戏称作“捉迷藏”。

## 捉迷藏的别称

藏猫儿、摸瞎子、藏朦（méng）。

## 捉迷藏的玩法

一人用纱巾、帕子等物蒙住眼睛，用手寻找其他人。其他人在区域内奔跑，引蒙目之人捉摸。若蒙目之人捉到一人，则要说出此人是谁，说对即为胜，说错则要放开此人，继续蒙目捉摸。

猜猜捉迷藏的来历有可能跟左边哪幅图有关。

# 长干行（节选）

［唐］李白

妾发初覆额，折花门前剧。
郎骑竹马来，绕床弄青梅。
同居长干里，两小无嫌猜。

**注释**

**长干行：**属乐府《杂曲歌辞》调名。 **覆：**覆盖。 **剧：**游戏。 **床：**井边的围栏。 **长干里：**在今南京市，古代是船民集居之地。 **嫌猜：**猜忌。

**韵解**

我头发刚能覆盖额头，就和你在门前玩折花游戏。
你骑着竹马往这里走，我们绕着井栏把青梅互投。
我们一同住在长干里，两人从小内心就没有猜忌。

## 竹马

竹马是古代儿童玩具，一般用一根竹竿即可游戏。竿子一端有马头模型，另一端安装轮子，孩子跨在上面，当作马骑。早在汉代，此游戏就很流行。

## “竹马”的寓意

许多文人用“竹马之好”“青梅竹马”等词来比喻儿童时期的友谊。古人也常以骑竹马作为童年的象征。民间认为，儿童骑竹马，有将来走上富贵人生道路的寓意。

## 竹马的玩法

儿童将竹竿“骑”在两胯之间，一手握住竿头，使竿尾拖地，另一手持刀枪剑棒等玩具，与其他儿童“厮杀”对阵，来回奔跑，如骑马之状。

判断左边哪幅图中没有蕴含儿童骑竹马的寓意。

# 诗经·有瞽(gǔ)（节选）

有瞽有瞽，在周之庭。
设业设虡(jù)，崇牙树羽。
应田县(xuán)鼓，鞉(táo)磬(qìng)柷(zhù)圉(yǔ)。

**注释**

**瞽：**盲人，这里指盲人乐师。 **庭：**宗庙的前庭。 **业：**悬挂乐器的横木上的大板。 **虡：**悬挂编钟编磬等乐器的直木架。 **崇牙：**古代乐器架横木上刻的锯齿，用来悬挂乐器。 **树羽：**装饰上羽毛。树，插。 **应：**小鼓。**田：**大鼓。**县：**“悬”的本字。 **鞉：**一柄两耳的摇鼓，即拨浪鼓。**磬：**玉石制的板状打击乐器。 **柷：**木制的打击乐器。 **圉：**即“敔”，打击乐器，状如伏虎。

**韵解**

盲人乐师排成了一行，聚在周庙的前庭之上。
钟架鼓架已摆放齐全，五彩羽毛在架上安装。
小鼓大鼓悬挂在上面，乐器鼓类都准备妥当。

## 拨浪鼓

拨浪鼓是比较原始的民间儿童玩具，最早出现于战国时期。

## 拨浪鼓的材质

拨浪鼓的鼓面材质多样，有木的、竹的、泥的、硬纸的，还有用羊皮、牛皮制作的，其中羊皮拨浪鼓最为典型。

## 拨浪鼓的别名

小鼓、货郎鼓、波浪鼓、播郎鼓、博浪鼓、摇咕咚。

## 玩法

玩时转动鼓柄，鼓身两侧的弹丸随即击鼓并发出声音。玩者以不同的力度控制节奏快慢、音律高低和声音大小。

找出左边两幅图中的鼓类玩具，并在大小、形状、构造等方面比较有什么不同。

rǎng

# 击壤歌

先秦民谣

日出而作，日入而息。

凿井而饮，耕田而食。

帝力于我何有哉！

注释

**壤：**古代儿童木制玩具，前宽后窄，形状如鞋。

**作：**劳动。　**息：**休息。　**帝力：**尧帝的力量，指帝王权力。

**何有：**有什么。

韵解

太阳出来就去田间耕地，太阳下山后我就回家休息。

凿井喝水多么畅快淋漓，耕田播种就能将食物获取。

我自由自在，帝王权力又有什么吸引力！

## 击壤

击壤是古代的一种投掷游戏，相传在尧帝时代就已出现。

## 击壤在古代的发展目的

狩猎：远古时代，人们会用土块、石块、木棒等投击猎物。

作战：远古时代，部落战争迫使人们需要具备投击技能，所以人们需要反复练习。

娱乐：后来，狩猎和作战工具得到改进，人们主要用弓箭和刀枪狩猎作战，击壤演变成了娱乐游戏。

## 击壤在古代的发展变化

远古时代，壤是土块；三国时期，壤为前宽后窄、形状如屐(jī)的木制品；宋代的击壤称抛堶(tuó)，“堶”即砖块；明清时期的击壤称为“打尜(gá)”，“尜”为两头尖、中间大的木制品。

## 击壤的玩法

玩者将一壤插于前方几十步的地面，再以手中之壤投击，击中者为胜。

左边的人分别是魏晋竹林七贤中的五位、宋仁宗和乾隆皇帝，判断他们小时候玩的击壤游戏中，『壤』有可能是什么形状的。

# 小儿垂钓

[唐] 胡令能

蓬头稚子学垂纶，侧坐莓苔草映身。

路人借问遥招手，怕得鱼惊不应(yìng)人。

注释

**蓬头：**头发蓬乱。 **稚子：**小孩子。 **垂纶：**钓鱼。纶，钓鱼用的丝线。 **莓：**一种野草。**苔：**苔藓植物。 **映：**遮映。 **借问：**向人打听。 **鱼惊：**鱼受到惊吓。 **应：**回应。

韵解

头发蓬乱的小孩在学垂钓，侧身坐着青苔绿草将全身映照。

路人问路他远远地把手摇，害怕大声回应后会把鱼儿吓跑。

## 古代鱼钩的材质

最早的鱼钩叫鱼卡，由木头或者骨头打磨而成。新石器时代出现了石质鱼钩。青铜时代，人们制作了金属鱼钩，类似现在的鱼钩。

## 古代鱼竿的材质

最早，人们用树枝、芦苇等制作鱼竿。后来人们发现中空的竹子富有韧性，所以改用竹子做鱼竿。唐代时发明了轮竿，当时称为“钓车”。

## 古代的鱼饵有哪些

古代鱼饵一般为天然食物，如米饭、小虫、蚯蚓等。古代也比较流行用牛粪作为鱼饵，尤其钓鲤鱼的时候，人们多选择牛粪。

## 古代的钓鱼名人

姜尚：在磻(pán)溪边上垂钓。钓钩是直的，既无鱼饵也不放到水里，“姜太公钓鱼，愿者上钩”的主人公。

范蠡(lǐ)：在洞庭湖钓鱼。钓到大鱼做美食，钓到小鱼就放生，人们称放生的鱼为“范蠡鱼”。他还写了历史上第一部养鱼著作《养鱼经》。

张志和：唐朝诗人，自称“烟波钓徒”，常在湖州西塞山垂钓。

宋仁宗：经常举办赏花钓鱼大会，王安石、欧阳修、司马光、范仲淹都参加过。

判断左边哪幅图中的鱼钩有可能是直的。

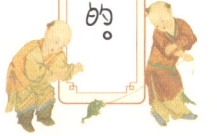

# 宫词

[唐] 王建

春来睡困不梳头，懒逐君王苑北游。
暂向玉花阶上坐，簸(bǒ)钱赢得两三筹。

注释　**逐：**跟随。　**游：**游玩。　**簸钱：**古代的掷钱游戏。

韵解　春季到来因为困倦不梳头，懒得跟随君王去苑北巡游。和同伴暂且坐在玉石台阶，玩玩簸钱还能赢得两三筹。

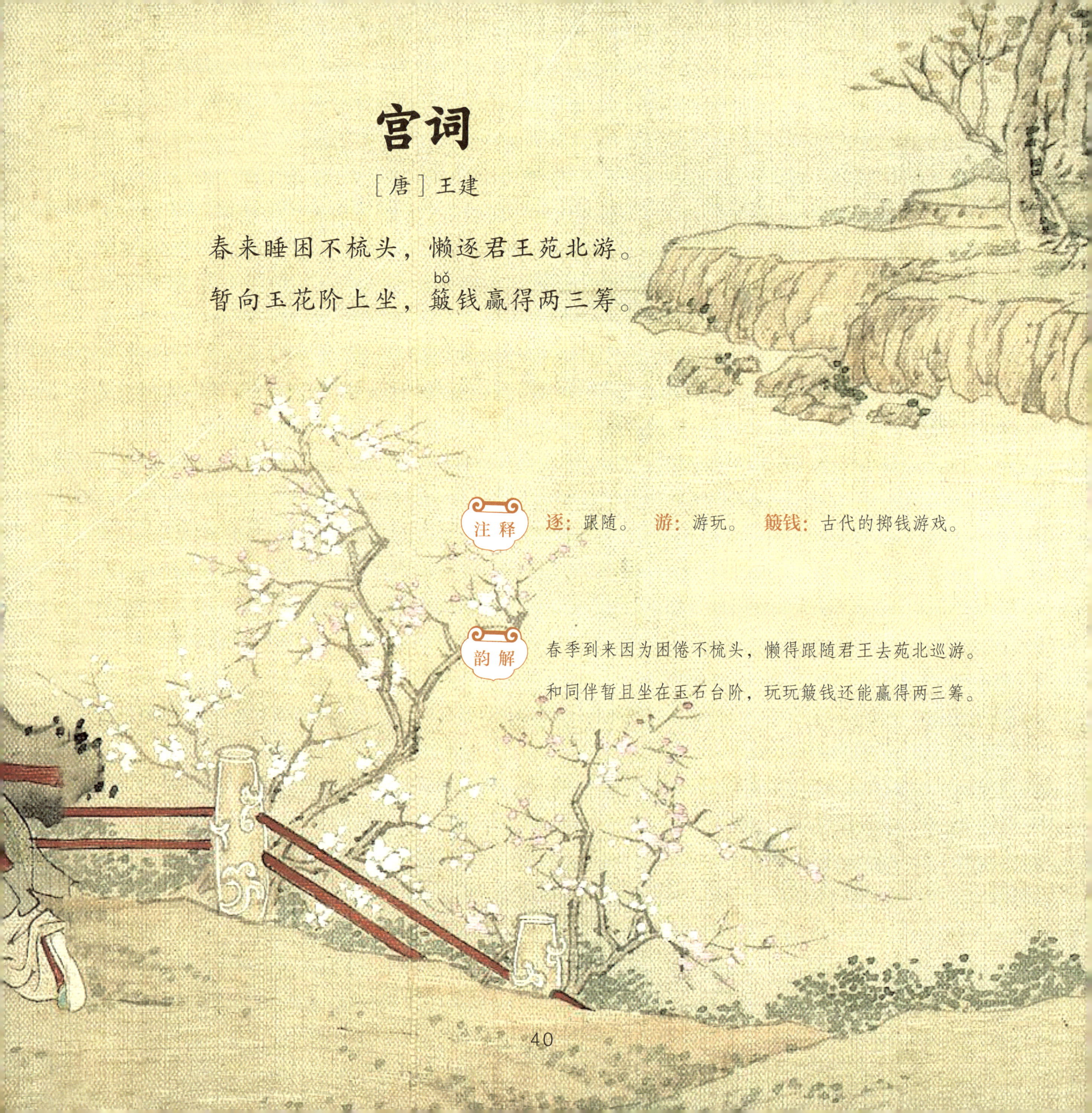

## 簸钱

簸钱是古代一种掷钱游戏，类似现在的“掷钢镚”游戏。唐宋时期，此游戏比较流行，一般儿童和少女爱玩此游戏。

## 簸钱的别名

打钱、掷钱、摊钱。

## 簸钱的玩法

准备铜钱若干，三五人围聚，玩者持钱在手中摇晃，然后掷在台阶或地上，依次摊平。钱正面朝上多者为胜。

## 簸的是什么“钱”？

古代各个时期所用钱币大有不同，比如最早是使用贝类货币，夏商周时期主要是实物货币，进入封建社会之后，钱币的主要形式是金属货币，宋朝开始有了纸币，名“交子”。历朝历代的货币名称也不同，这里简单举几个例子：

汉武帝时期：五铢钱。

南朝梁武帝时期：公式女钱。

唐高祖时期：废五铢而改铸开元通宝钱。

明太祖时期：洪武通宝。

清康熙时期：康熙通宝。

判断左边哪场聚会中人们有可能玩簸钱游戏。

# 蝶恋花·春景

［北宋］苏轼

花褪（tuì）残红青杏小。燕子飞时，绿水人家绕。
枝上柳绵吹又少。天涯何处无芳草。
墙里秋千墙外道。墙外行人，墙里佳人笑。
笑渐不闻声渐悄。多情却被无情恼。

注释

**蝶恋花**：词牌名，又名凤栖梧、鹊踏枝。 **褪**：萎谢。 **柳绵**：柳絮。 **渐悄**：渐渐没有声音。 **却被**：反被。 **无情**：毫无觉察。

韵解

花儿谢了，小小青杏长出树梢。燕子飞舞，绿水在人家门前环绕。枝上的柳絮被风吹得越来越少。天涯虽远，可是哪里没有茂盛的芳草。墙里少女秋千，墙外行人走道。墙外行人，听到墙里少女在欢笑。笑声渐渐消失一下变得静悄悄。行人却因，墙里少女毫无觉察而苦恼。

## 秋千

秋千是比较古老的游戏，可追溯（sù）至上古时代。

## 繁体字“秋千”的写法

“秋千”两字的繁体写法为“鞦韆（qiū qiān）”。因为古代拴秋千的绳索多用兽皮制成，故二字的繁体均以“革”为偏旁。

## 秋千的发展

远古时期：人们上树采摘野果或狩猎时，需要抓住藤条摇摆晃动，才能上树或跨越。

春秋战国：秋千作为军事训练的工具。

汉至唐代：宫廷盛行荡秋千。唐代称荡秋千为“半仙戏”。

宋代：出现了“水秋千”，人们会在西湖、钱塘江等地举行秋千表演。

宋代以后，秋千普及民间，直至今天。

## 名人们的“秋千诗”

李商隐：十五泣春风，背面秋千下。

苏轼：歌管楼台声细细，秋千院落夜沉沉。

欧阳修：泪眼问花花不语，乱红飞过秋千去。

李清照：蹴（cù）罢秋千，起来慵整纤纤手。

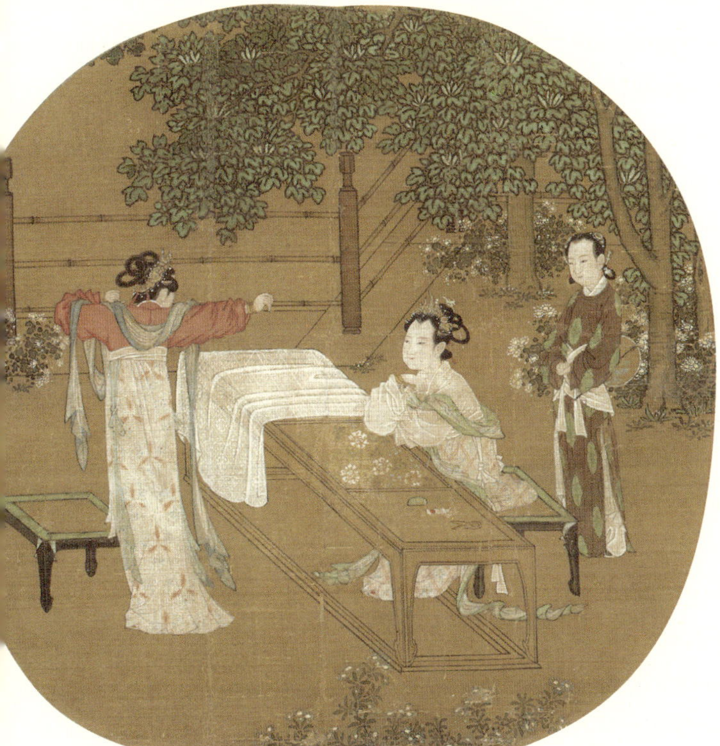

判断左边哪些人在玩秋千。

# 晚春感事

［南宋］陆游

少年骑马入咸阳，鹘(hú)似身轻蝶似狂；
蹴(cù)鞠(jū)场边万人看，秋千旗下一春忙。
风光流转浑如昨，志气低摧只自伤。
日永东斋淡无事，闭门扫地独焚(fén)香。

注释

**咸阳：**秦朝的都城，在今陕西省。**鹘：**猎鹰。**蹴鞠：**指以脚蹋(tà)、踢皮球的活动，类似今日的足球。**浑如：**完全像。**低摧：**疲累劳瘁的样子。**东斋：**古代书院分有东斋和西斋，供学生住宿。

韵解

少年骑马，意气风发奔咸阳；猎鹰迅捷，蝴蝶嬉戏舞姿狂。
万人观看，一齐聚集蹴鞠场；春日秋千，旗帜挥舞比赛忙。
时光飞逝，恍然如昨似梦乡；志气大减，疲累劳瘁自神伤。
东斋窗下，整日吟咏闲无事；闭门不出，扫地悟禅又焚香。

## 蹴鞠

蹴鞠是古代一种球类游戏，类似今天的足球。“蹴”是用脚蹋、踢的意思，“鞠”是一种实心球。早在黄帝时期，蹴鞠就已出现，那时用来训练军队。

## 蹴鞠名人

项处：西汉人，因喜爱蹴鞠，患重病后不遵医嘱，仍玩蹴鞠，后不治身亡。

宋太祖：喜欢蹴鞠，经常跟赵光义、赵普等人一起蹴鞠。

高俅：北宋蹴鞠社团“齐云社”社员，获宠于当时还是端王的宋徽宗。

彭云秀：明代蹴鞠女高手。

## 不用球门的玩法

此玩法叫“白打”，人数不一，除用脚踢外，头、肩、臀、胸、腹、膝等部位均可接球，动作繁多。

## 有球门的玩法

球门叫“风流眼”。人员分两队，穿不同颜色服饰，称左右军。先击鼓为号，左军队员先发球，互相颠球数次后传给副队长。副队长颠球后再传给队长，队长将球踢向风流眼，过者则胜。

判断左图中哪个人最有可能接住球，踢进球门，有可能用什么动作。

# 宿新市徐公店二首·其二

［南宋］杨万里

篱落疏疏一径深，树头新绿未成阴。

儿童急走追黄蝶，飞入菜花无处寻。

注释

**新市：**今浙江省德清县新市镇。 **徐公店：**姓徐的人开的店。 **篱落：**篱笆。 **疏疏：**稀稀落落的样子。 **一径深：**一条小路很深远。 **阴：**树叶茂盛成荫。 **急走：**奔跑。 **寻：**寻找。

韵解

稀落的篱笆旁有条小路很幽深，树梢出芽树叶还没形成绿荫。儿童奔跑着在追一只黄色蝴蝶，蝴蝶飞入菜花丛中无处找寻。

## 扑蝶

扑蝶是古代流行的春季游戏，花朝节又名扑蝶会。南北朝时期的《荆(jīng)楚岁时记》就记载了扑蝶会的场景，北宋时期，此游戏已经大为流行。

## 扑蝶不“伤”蝶

少女和儿童多爱玩扑蝴蝶。女子多拿团扇优雅地扑来扑去，儿童则拿网扑。此游戏关键的一点是，扑蝶不一定要逮住蝴蝶，更多的是与蝴蝶嬉戏，即便扑住了，也会将蝴蝶放生。

## 宝钗扑蝶

“宝钗扑蝶”是古典名著《红楼梦》中的经典场景，原章回名为“滴翠亭杨妃戏彩蝶，埋香冢飞燕泣残红”，其中“杨妃”便说的是薛宝钗，描述了她在滴翠亭捕捉蝴蝶的情景。

## 蝴蝶的别名

花贼、玉腰奴、胡蝶。

说说左图中与蝶嬉戏的方式。

# 酒泉子

［北宋］潘阆(làng)

长忆观潮，满郭人争江上望。来疑沧海尽成空。

万面鼓声中。

弄潮儿向涛头立。手把红旗旗不湿。别来几向

梦中看。梦觉尚心寒。

注释

**酒泉子：**词牌名。　**长：**同“常”，经常。　**郭：**外城，这里指外城以内的范围。　**万面鼓声中：**指潮声像万面金鼓，声势震人。　**弄潮儿：**指在潮中戏水的少年人。　**向：**朝着，面对。　**觉：**睡醒。　**尚：**仍然。　**心寒：**惊心动魄。

韵解

常常记起在钱塘江观潮，满城百姓都往江边望。潮水涌来时大海空茫茫。潮声如鼓声般震天响。

弄潮的少年站在波涛上。手中红旗没被水沾上。几次都梦到观潮的景象。梦醒时分仍觉得惊惶。

## 弄潮

弄潮是在潮头搏浪嬉戏的竞技游戏，类似今天的冲浪运动。春秋时期，就有弄潮的风俗。

## 天下第一潮

钱塘江潮被誉为“天下第一潮”。南宋定都杭州后，农历八月十八观潮随之成了固定习俗。观潮时，人们会举行各种活动，如表演、祭祀、弄潮。

## 弄潮儿的待遇

赢了的弄潮儿，会得到钱财赏赐，插花披红，人们吹奏鼓乐，将其拥入城中，威风八面。

## 弄潮的玩法

涨潮时，弄潮儿手举旗子，踩着浪木，跃入江中，然后迎着水浪做各种动作和表演。若旗尾不沾水，便算得上技艺高超。

## 弄潮的风险

宋代政府在禁令《戒约弄潮文》中提到，“军人百姓，辄(zhé)敢弄潮，必行科罚”，但屡禁不止。政府之所以禁止，主要是因为弄潮是件危险的事情，稍有不慎就会被浪潮吞没。因此，若非受过专业训练的人员，一般人不要模仿。

判断左边哪个是弄潮运动的季节。

# 破阵子·春景

［北宋］晏殊

燕子来时新社，梨花落后清明。池上碧苔三四点，

叶底黄鹂一两声。日长飞絮轻。

巧笑东邻女伴，采桑径里逢迎。疑怪昨宵春梦好，

元是今朝斗草赢。笑从双脸生。

注释

**破阵子：**词牌名。 **新社：**即春社，古代为祈求丰收而祭祀土地神的日子，时间在立春之后，清明之前。 **碧苔：**碧绿的苔草，草本植物。 **飞絮：**飞扬的柳絮。 **巧笑：**美好的笑容。 **逢迎：**相逢。 **疑怪：**诧异、奇怪。 **元是：**原来是。 **斗草：**游戏，又叫“斗百草”。

韵解

燕子飞回正是春社祭祀，梨花谢后又是清明。池水清澈点缀着青苔三四片，叶下的黄鹂偶尔叫出两句歌声。白昼越来越漫长，柳絮飞舞轻盈。

东邻的女伴笑颜如花，我们在采桑路上相逢。我怀疑她昨晚做了一个美梦，原来今天早上玩斗草游戏得胜。双颊才情不自禁，绽放美丽笑容。

## 斗草

又称“斗百草”，是中国民间流行的一种游戏，原属于端午民俗，最早记载于魏晋南北朝时期。每年端午节人们外出采艾叶等草药，回来插于门上祛(qū)毒辟邪，剩余花草往往用来比赛。唐朝后，斗百草逐渐成为妇女和孩童的游戏。

## 文斗玩法

众人采到花草后聚在一起，一人报出自己的花草名，其他人各取手中的花草，以对仗的形式对答（如“铃儿草”对“鼓子花”）。若别人报出名字后有人答不上来，那人就输了。一般来说，文斗的玩法比较适合具备一定花草知识的人。

## 武斗玩法

只要有草和两个及以上的人便可进行。玩时每人两手各持花草茎的一端，使双方的草茎交叉，然后互相拉扯，谁的草茎被拉断，谁就输了。武斗比较流行于儿童之间。

左边哪幅图中的花草可以在端午节用来斗草？

# 正月五日以送伴借官侍宴集英殿十口号·其九

［南宋］杨万里

广场妙戏斗程材，未得天颜一笑开。

角抵罢时还罢宴，卷班出殿戴花回。

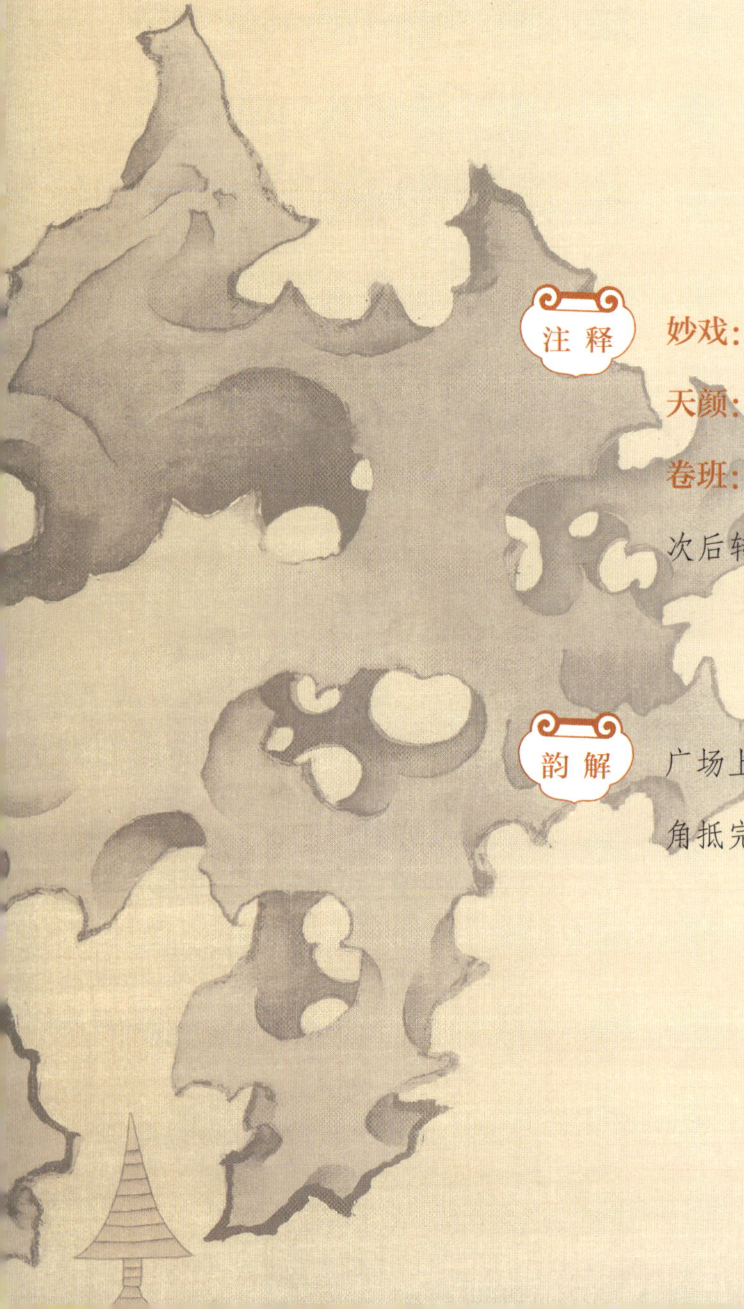

注释

**妙戏：**美妙的表演。　**程材：**即“程才”，衡量考较才能。

**天颜：**天子的容颜。　**角抵：**摔跤运动，即相扑。　**罢：**结束。

**卷班：**宋元时朝拜皇帝时的一种制度，指朝见后官员们随本班班首顺次后转退出。**戴花：**宋朝时，朝廷百官巾帽上都以簪花作为头饰。

韵解

广场上美妙的表演将才华显现，未使殿上的皇帝一展笑颜。

角抵完后朝廷宴会也相继结束，簪花的大臣依次退出宫殿。

## 角抵

角抵是古代一种两人较力的活动，类似现在的摔跤和相扑。最初是军队的作战训练方法，后来演化成了娱乐活动。

## 角抵的名称变化

远古时期：蚩(chī)尤戏。源于黄帝和蚩尤大战中，蚩尤部落的人头上戴尖状物，以角抵人。

晋代：相扑。

唐代：相扑、角抵两名称并行。

宋代：相扑。

明代之后：摔跤。

## 女子相扑

女子相扑源于三国时期的吴国，当时的吴国末代皇帝孙皓(hào)，为了让宫中女子排遣时光，举行了相扑运动。

北宋时期，女子相扑盛行，当时坊间出现了赛关索、嚣(xiāo)三娘、黑四姐等女相扑高手，被称为“女飚(biāo)”。《水浒传》中的段三娘，就擅长相扑。宋仁宗还曾因爱看女子相扑而被司马光上书劝谏。

左图是明代仇英所画的《清明上河图》局部，请找出摔跤的人。

qiú

# 打毬作

［唐］鱼玄机

坚圆净滑一星流，月杖争敲未拟休。

无滞碍时从拨弄，有遮栏处任钩留。

不辞宛转长随手，却恐相将不到头。

毕竟入门应始了，愿君争取最前筹。

注释

**毬：**即球，这里为木球。 **星流：**指木球飞速如流星。 **月杖：**击球之杆。 **从：**同“纵”。拨弄，击球。 **钩留：**打不动。 **宛转：**转动迅速。 **相将：**带领。 **门：**球门。 **最前筹：**最先得胜，争第一。

韵解

木球坚固圆润迅速如流星，大家敲击球杆争先恐后不想停。

无障碍时拨弄木球易操纵，有障碍时怎么打球都也打不动。

可还是乐此不疲随手出球，唯恐因自己带领不力球难进洞。

可是毕竟进了球门才算赢，只希望你争取拿到球赛第一名。

## 马球

马球指骑在马上，用马球杆击球入门的一种体育活动，在汉代就已经出现，唐宋盛行。

## 马球的别称

打毬、击毬、击鞠。

## 喜欢马球的古代皇帝

唐玄宗：喜欢打马球，专门设置了马球馆，还将马球定为军队训练项目之一。

唐敬宗：喜欢打马球，在宫中举办马球盛会，让宫人和官员骑着驴打马球，折腾到半夜才肯罢休。

唐僖宗：迷恋打马球，曾用打马球赌输赢的办法决定外放官员的任职地区。这就是唐末“击球赌三川”的故事。

## 马球的玩法

人员分两队，分别骑在马上，队员一手持缰绳，一手持球杖。比赛开始后，双方队员策马奔跑，用球杖争夺马球，可给对方设置障碍。球落到半空处，可左右挥击，将球打入球门则为胜。

左边是《明皇击球图》，有胡须者为唐明皇。仔细观察，如果唐明皇想赢球，应该怎么设置障碍，阻拦围截呢？

# 能画

［唐］杜甫

能画毛延寿，投壶郭舍人。
每蒙天一笑，复似物皆春。
政化平如水，皇恩断若神。
时时用抵戏，亦未杂风尘。

注释

**毛延寿：**汉元帝时的宫廷画家。 **投壶：**古代投掷游戏。 **郭舍人：**汉武帝的倡优，擅长投壶。 **每蒙天一笑：**借用东王公投壶，天为之笑的典故。这里指皇帝为之笑。 **政化平如水：**指政治教化大行，社会安定。 **抵戏：**《鬼谷子》中治理国家的一种方法，讲的是如何弥补事物的裂痕，使事情免于溃败。 **风尘：**比喻社会动荡纷乱。

韵解

毛延寿很擅长作画，郭舍人是投壶行家。
他们使龙颜笑开花，让万物如春般繁华。
若是社会教化平和，唐明皇能神断明察。
常常采用抵戏之法，也未必会兵荒乱马。

## 投壶

投壶是古代宴饮时的一种投掷游戏，由射箭礼仪发展而来，在战国时期就已流行，唐宋时盛行。

## 投壶的术语

司射：投壶礼的具体指挥者。

有初：第一箭入壶。

连中：第二箭也投入壶中。

贯耳：箭投入壶耳。

散箭：第一箭没中，第二箭命中。

全壶：全部投入壶中。

有终：最后一箭投入壶中。

骁(xiāo)箭：箭投入壶中，反弹出来再次进入壶中。

## “算”与“不算”

古代投壶，参与者每投进一箭，司射便给投中者放上一个竹木片，又叫“算”，用来计算投中的数目。若有谁抢投，即便投中也不给“算”，这就是“不算”一词的来历。

## 投壶的玩法

双方各拿四支箭，轮流往壶里投。不得抢投和连续投，投中多者胜。

左边是《重屏会棋图》，仔细观察，找出其中投壶的工具。

# 无题二首·其一

［唐］李商隐

昨夜星辰昨夜风，画楼西畔桂堂东。
身无彩凤双飞翼，心有灵犀一点通。
隔座送钩春酒暖，分曹射覆蜡灯红。
嗟(jiē)余听鼓应官去，走马兰台类转蓬。

注释

**桂堂：**华美的厅堂。　**灵犀：**比喻相爱的双方心灵相通。　**隔座送钩：**一队拿一钩藏在一人手内，隔座传送，使另一队人猜钩所在。　**分曹：**分组。　**射覆：**在覆器下放置东西令人猜。　**嗟：**感叹词。　**听鼓应官：**到官府上班，古代官府卯刻击鼓上班，午刻击鼓下班。　**走马：**跑马。　**兰台：**秘书省的别称。当时李商隐任秘书省校书郎。　**类转蓬：**指飘零如蓬草。

韵解

昨夜的星光璀璨春风拂面，在那画楼西畔和桂堂的东边。
不像彩凤能双双飞向蓝天，内心却息息相通如灵犀一点。
隔着座位送钩春酒也温暖，分小组射覆烛光火红在点燃。
听到鼓声我该去朝廷上班，策马去兰台感觉如蓬蒿飘转。

## 射覆

中国民间类似占卜术的猜物游戏，后演化成酒令游戏。游戏时，在瓯(ōu)、盂(yú)等器具下覆盖某一物件，让他人猜测。

另外，射覆属于易学预测中的一种形式，集表演、卦术与趣味于一体，测者可根据器物的一些线索进行预测。汉代的东方朔就是射覆高手。

## 藏钩的来历

藏钩类似射覆，起源于汉朝。相传汉武帝的钩弋(yì)夫人生下来就两手攥(zuàn)拳，汉武帝使其双手伸展，手中出现一小钩，遂号“钩弋夫人”。后来人们纷纷效仿攥拳姿势，称为藏钩，后演变为酒宴游戏。

## 藏钩的玩法

游戏分两组，人数为偶数，则平分两组；人数为奇(jī)数，则让一人作为游戏依附者，可任选一组依附，称为“飞鸟”。

游戏时，一组人将小钩或其他物件攥在一人的手中，由对组的人猜物件的具体位置，猜中则胜。

仔细观察各图中桌子上的小物件，看看哪些适合用来做射覆或藏钩游戏的工具。

# 正月十五夜

［唐］苏味道

火树银花合，星桥铁锁开。

暗尘随马去，明月逐人来。

游伎皆秾(nóng)李，行歌尽落梅。

金吾不禁夜，玉漏莫相催。

注释

**火树银花：** 比喻绚烂的灯火。 **星桥铁锁开：** 星津桥上的铁锁打开任百姓通行。 **暗尘：** 暗中飞扬的尘土。 **逐人来：** 追随人流而来。 **游伎：** 歌女、舞女。 **秾李：** 指歌伎打扮得艳若桃李。 **落梅：** 曲调名。 **金吾：** 指掌管京城戒备，禁人夜行的官名。 **不禁夜：** 指取消宵禁。 **玉漏：** 即滴漏，古代用玉做的计时器皿。

韵解

灯火绚烂宛如花朵，星津桥上已经打开铁索。

尘土随着车马飞过，月光追随人流洒满角落。

歌女们都浓妆艳抹，边走边唱歌曲《梅花落》。

禁卫军取消了宵禁，玉漏慢慢计时不要催我。

## 猜灯谜

猜灯谜是一种汉族民俗娱乐形式，是古代元宵节的特色活动。

## 灯谜三要素

三要素：谜面、谜目、谜底。

谜面是告诉猜谜者的条件，谜目是答案所属范围，谜底是答案。

例如：山水甲天下，猜一地名，答案是汕头。其中，“山水甲天下”为谜面，“地名”为谜目，“汕头”是谜底。

## 千年字谜——曹娥碑

曹娥碑是东汉年间人们为纪念曹娥的孝行而立的石碑，由邯郸淳作碑文。蔡邕(yōng)曾在碑阴题字：黄绢幼妇，外孙齑臼(jī jiù)。

三国时，此谜被杨修解开。拆解如下：

黄绢：即有颜色的丝绸，为“绝”字。

幼妇：即少女，为“妙”字。

外孙：即“女之子”，为“好”字。

齑臼：齑是辛辣调料，臼是捣舂(chōng)器具，即接受辛料的器皿，“受”旁加“辛”为“辞”的异体字。

因此，谜底便是：绝妙好辞。

判断左图所属的季节，哪个可能有猜灯谜的活动？

# 《帝京岁时纪胜》童谣

杨柳青，放空钟。

杨柳活，抽陀罗。

杨柳发，打尜（gá）尜。

杨柳死，踢毽子。

## 放空钟

即民间游戏抖空竹。空钟又叫空竹、风葫芦等，抖空竹又叫扯铃。

### 放空钟的玩法

以竹棍系线绳，再将线绳缠绕空竹的木轴。两手拿着竹棍，做提、拉、抛、接等动作，两腿可同时做走、跳、绕等动作。

## 抽陀螺

一种民俗游戏。“陀螺”一词最早出现于明朝，当时的陀螺为木制圆锥形。

### 抽陀螺的玩法

用绳子缠绕好陀螺，抛在地上，使陀螺在地上快速旋转。当旋转速度变慢时，再用鞭子抽陀螺，使其不停旋转。

## 打尜尜

打尜尜类似今天的垒球运动，尜是一种儿童玩具，两头尖中间大。

### 打尜尜的玩法

在地上画一个方框，称为“城”，将尜放进城里。再用一根木板敲击尜的头，尜弹起后，迅速将尜打向远处。

## 踢毽子

踢毽子是传统民间游戏，起源于汉代，由蹴鞠发展而来。毽子又叫毽球，古代文人也称“燕子”。

判断左边哪幅图中的活动不是在杨柳青青的时候进行的？

# 答案

P7

P11

P15

P19

P23

P27

P31

• 前宽后窄、形状如木屐；
• 砖块；
• 两头尖、中间大。

P35

P39

P43

P47

P51

P55

P59

P63

P67

P71

P75

P79

P83

P87

# 古诗词里的博物学

## 虫鸟啾啾

李山 主编

中国水利水电出版社
www.waterpub.com.cn
·北京·

## 内 容 提 要

《古诗词里的博物学》系列共四册，各册为《虫鸟啾啾》《草木蓁蓁》《山水绵绵》《童趣盈盈》，分别以动物、花草、山水、游戏为主题，并做相关的知识延伸，介绍各种动物的习性、花草的历史、山水古迹的文化以及传统的娱乐形式，文后设置了生动有趣的游戏互动版块，配有精美的名家古画，让孩子在感受古诗词魅力的同时，爱上古诗词，开阔眼界，了解传统文化知识和有趣的冷知识，提高对文化艺术的审美和鉴赏能力。

图书在版编目（CIP）数据

古诗词里的博物学. 虫鸟啾啾 / 李山主编. -- 北京：中国水利水电出版社，2022.1（2022.10 重印）
ISBN 978-7-5226-0325-4

Ⅰ. ①古… Ⅱ. ①李… Ⅲ. ①古典诗歌－诗歌欣赏－中国－少儿读物②动物－少儿读物 Ⅳ. ①I207.2-49 ②Q95-49

中国版本图书馆CIP数据核字(2021)第262868号

| | |
|---|---|
| 书　名 | 古诗词里的博物学（全四册）<br>GUSHICI LI DE BOWUXUE（QUAN SI CE） |
| 作　者 | 李山　主编 |
| 出版发行 | 中国水利水电出版社<br>（北京市海淀区玉渊潭南路1号D座　100038）<br>网址：www.waterpub.com.cn<br>E-mail：sales@mwr.gov.cn<br>电话：（010）68545888（营销中心） |
| 经　售 | 北京科水图书销售有限公司<br>电话：（010）68545874、63202643<br>全国各地新华书店和相关出版物销售网点 |
| 排　版 | 北京水利万物传媒有限公司 |
| 印　刷 | 天津旭非印刷有限公司 |
| 规　格 | 260mm×250mm　12开本　31.5印张（总）　149千字（总） |
| 版　次 | 2022年1月第1版　2022年10月第2次印刷 |
| 定　价 | 198.00元（全四册） |

## 目录

# 蝉

[唐] 虞(yú)世南

垂緌(ruí)饮清露，流响出疏桐。
居高声自远，非是藉(jiè)秋风。

**注释**

**垂緌：** 古代官帽打结下垂的部分，这里指蝉头部的触须。

**清露：** 纯净的露水。 **流响：** 发出声响。 **疏桐：** 稀疏的梧桐。 **藉：** 凭借。

**韵解**

稀疏的梧桐上，蝉儿低饮风露清霜，叫声清脆又响亮，在高大的树林间回荡。栖息在高枝上，朝远处凝视和眺望，不借秋风的力量，声音依然会传向远方。

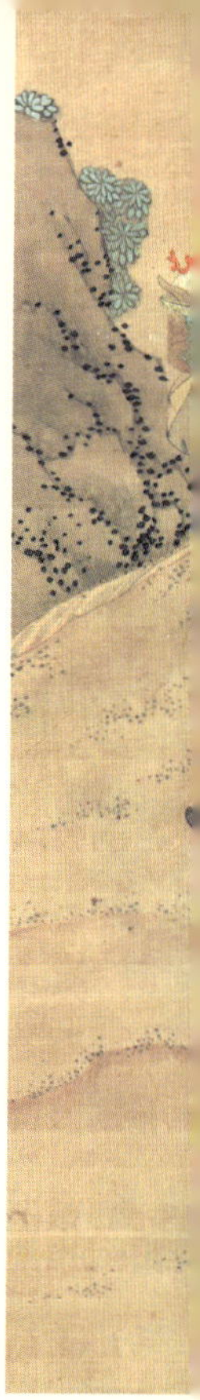

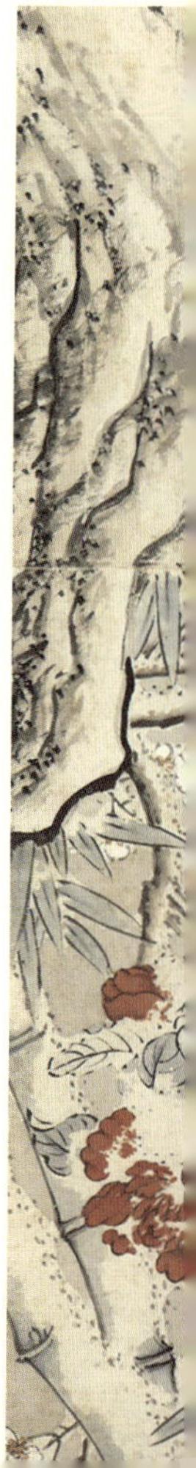

## “饮清露”的蝉

蝉蛹蛰(zhé)伏地下几年，破土而出后爬到树上，继而羽化。每当口渴饥饿之际，蝉就会用口器插入树干吮吸汁液，即诗人所说的“饮清露”。

## 每只蝉都会发出叫声吗？

只有雄蝉会鸣叫，它的发声器官在腹基部，像一面大鼓，受到振动就发出响声。雌蝉的乐器构造不完全，不能发声，所以又叫“哑巴蝉”。

## 蝉在古代的象征

古人认为蝉餐风饮露，所以把它视为品行高洁的象征。

## 文人们的咏蝉诗

骆宾王：露重飞难进，风多响易沉。

王维：倚杖柴门外，临风听暮蝉。

李商隐：本以高难饱，徒劳恨费声。

罗隐：风栖露饱今如此，应忘当年滓(zǐ)浊时。

辛弃疾：明月别枝惊鹊，清风半夜鸣蝉。

仔细观察左边三幅图，判断哪幅图所属的季节有可能见到『金蝉脱壳』的场面。

# 秋夕

［唐］杜牧

银烛秋光冷画屏，轻罗小扇扑流萤。

天阶夜色凉如水，坐看牵牛织女星。

注释

**秋夕：**秋天的晚上。 **银烛：**银色的精美蜡烛。 **画屏：**画有彩色图案的屏风。 **轻罗小扇：**材质轻巧的丝织团扇。 **流萤：**飞舞的萤火虫。 **天阶：**露天石阶。 **牵牛织女星：**牵牛星和织女星，借指牛郎和织女。

韵解

银色烛光闪动，映照着彩色屏风，手拿团扇扑打飞舞的萤火虫。

夜色下的石阶，清凉如水般冰冷，坐看天上的牵牛星和织女星。

## 萤火虫为什么能发光?

萤火虫的尾部有一个发光囊，囊内含有荧光素和荧光素酶(méi)，它们与空气中的氧气发生反应，就会发出荧光。

## 萤火虫的光是热的吗?

萤火虫的光不含有红外线和紫外线，温度在 0.001℃以下，被称为“冷光”。因此，即便我们把萤火虫放在手上，并不会感觉烫手。

## 腐草为萤

因为萤火虫一般在水边的草丛处活动，因此，古人以为萤火虫是腐草变成的，所以就有了“腐草为萤”的说法。

## 囊(náng)萤夜读

东晋有一个叫车胤(yìn)的人，自幼勤奋，喜爱读书，可是家境贫寒，没有钱买灯油。于是，在夏天的时候，车胤就捕捉几十只萤火虫，放进手绢里，借着萤火虫发出来的光，他才得以在晚上看书。这就是“囊萤夜读”的故事。

判断左边哪幅图中人物的行为，与诗中扑萤火虫的方法一样。

# 夜书所见

［南宋］叶绍翁

萧萧梧叶送寒声，江上秋风动客情。
知有儿童挑促织，夜深篱落一灯明。

注释

**萧萧：** 指风声。 **梧叶：** 梧桐树叶。 **客情：** 旅客思乡之情。
**知：** 料想。 **挑：** 挑弄。 **促织：** 即蟋蟀，又叫蛐蛐。 **篱落：** 篱笆。

韵解

萧萧秋风吹动梧桐，带来的寒意格外清冷，勾起旅客思乡之情。
远处篱笆灯火闪烁，料想是庭院三五儿童，快乐地把蟋蟀逗弄。

## 蟋蟀的叫声不是嘴发出的?

蟋蟀是利用翅膀发声的。在蟋蟀右边的翅膀上，长有像锉(cuò)一样的短刺，左边的翅膀上，长有像刀一样的硬棘(jí)。蟋蟀振动翅膀时，左右一张一合，相互摩擦，就可以发出悦耳的声响。而且，只有雄性蟋蟀才会发出声音。

## 蛐蛐、蝈蝈(guō guo)和蟋蟀的区别

种类：蛐蛐属于蟋蟀的一种，蝈蝈则是另一种大型鸣虫。

颜色：蝈蝈一般是草绿色，不发亮；蛐蛐和蟋蟀为黄褐色或黑褐色，油光发亮。

体型：蝈蝈类似蚂蚱或蝗虫，比蛐蛐和蟋蟀大。

叫声：蝈蝈的叫声响亮，持续性强；蛐蛐和蟋蟀的叫声是小而尖的。

有害程度：蝈蝈是益虫，是捕捉田间害虫的能手；蛐蛐和蟋蟀大多是害虫，以作物的根、茎、叶、果实为食。

## 斗蟋蟀

斗蟋蟀是古代的一种博戏，主要在蟋蟀活跃的秋季进行。斗蟋蟀产生于唐代，盛行于宋代。比赛时，双方将各自的雄蟋蟀放入同一个陶瓷罐，两只蟋蟀便开始作战，先是振翅鸣叫，以壮威势，再用各种攻击的动作扑杀，将对方打败。

判断左边哪幅图有可能是在斗蟋蟀？

# 画鸡

［明］唐寅（yín）

头上红冠不用裁，满身雪白走将来。
平生不敢轻言语，一叫千门万户开。

注释

**裁：** 裁剪。 **平生：** 平常。 **轻：** 随意，随便。

**言语：** 啼叫。 **一：** 一旦。 **千门万户：** 指众多的人家。

韵解

头上戴的红冠，不是特意裁剪，浑身羽毛雪白，气宇轩昂走来。

平常沉默寡言，不会随意叫唤，一旦拂晓啼叫，千门万户打开。

## 母鸡也能打鸣吗？

母鸡体内左侧有一个发达的卵巢，右侧有一个很不发达的性腺(xiàn)。发育正常时，卵巢会阻止性腺的发育。但如果卵巢受到损害，性腺就失去抑制而发育起来，母鸡就会逐渐长出跟公鸡一样鲜艳的羽毛和红冠，也会像公鸡一样打鸣。

## 鸡的象征意义

鸡每天啼叫报时，故有守时、诚信的象征意义；鸡还象征着勇敢善斗，古代就有斗鸡的娱乐活动；“鸡”与“吉”谐音，所以鸡被赋予吉祥美好的寓意；鸡鸣后日出，所以古人认为鸡能带来光明，因此，鸡也有光明与希望的寓意。

## 金鸡赦(shè)

古代帝王大赦天下，有时会采用“金鸡赦”的形式，即立一长杆，在杆头放置一只黄金做的鸡，口衔绛幡(jiàng fān)，宣布诏令。

## 跟鸡有关的诗句

颜真卿：三更灯火五更鸡，正是男儿读书时。

李白：半壁见海日，空中闻天鸡。

温庭筠(yún)：鸡声茅店月，人迹板桥霜。

苏轼：门前流水尚能西，休将白发唱黄鸡。

## 鸡的别名举例

钻篱菜、窗禽、长鸣都尉、戴冠郎、兑禽、司晨、时夜。

判断一下唐寅歌颂的是左边各图中的哪只鸡。

# 惠崇春江晚景

shì
［北宋］苏轼

竹外桃花三两枝，春江水暖鸭先知。
lóu hāo　　　　　　　　　tún
蒌蒿满地芦芽短，正是河豚欲上时。

**注释** **惠崇：**北宋僧人。 **春江晚景：**惠崇所作的画《春江晚景》。 **蒌蒿：**草名，有青蒿、白蒿等种类。 **芦芽：**芦苇的幼芽。 **河豚：**鱼的一种，学名“鲀(tún)”，肉味鲜美，但卵巢和肝脏有剧毒。 **上：**逆江而上。

**韵解** 竹林外两三枝桃花开放，戏水的鸭子感到江水暖洋洋。

蒌蒿草和嫩芦芽在生长，这时节正是河豚逆流回江上。

## 鸭子走路为什么摇摇摆摆的?

鸭子的双脚长在身体中间偏后的位置，这有助于它在水里能够快速灵活地游泳。但是在岸上，为了保持身体平衡，鸭子必须将重心后移到双脚，所以鸭子走路时总是身体后倾，看起来摇摇摆摆的。

## 鸭子在古代的象征和寓意

古代科举考中进士后，有一甲、二甲、三甲之分，“鸭”与“甲”谐音，古人以“鸭”象征科甲。在读书人进京赶考时，人们会送鸭子或者带鸭子纹样的东西，寓意赶考人前程远大。

古代送图画时，纹样很讲究，如画螽（zhōng）斯绕着瓜蔓飞舞，寓意“瓜瓞（dié）绵绵”，是恭祝子孙昌盛的意思；画钟馗（kuí）手持如意，旁边小鬼拿着柏枝和柿子，寓意“百事如意”；蝙蝠也有“福字当头”，预祝平安的寓意。

仔细观察左边三幅图，判断一下每幅图分别适合送给什么人？

# 咏鹅

［唐］骆宾王

鹅，鹅，鹅，曲项向天歌。
白毛浮绿水，红掌拨清波。

注释 **曲项**：弯着脖子。 **歌**：长鸣。 **拨**：划动。

韵解 水中一群鹅弯着长脖，仰头向着蓝天在唱歌。
白羽毛漂浮在绿水面，红脚掌划动着清水波。

## 千里送鹅毛

唐朝贞观年间，回纥（hé）派遣使者缅（miǎn）伯高进贡一只天鹅。路上，缅伯高不慎让天鹅飞走，只留下满地鹅毛。缅伯高怕唐太宗怪罪，情急之下，用手帕包好鹅毛，并在其上写了一首诗，其中两句为：“礼轻人意重，千里送鹅毛。”唐太宗见到鹅毛诗后，非常感动，重重赏赐了缅伯高。

人们也用“千里送鹅毛”比喻礼物虽然微薄，却含有深厚的情谊。

## 爱情与婚姻的象征

古人认为鸿雁是感情忠贞之鸟，因此便有了送聘雁的婚俗，代表对新人的祝福。可是古代鸿雁不易获取，人们就用鹅来代替雁。鹅又音同“我”，送鹅暗含“送我”之意，因此，鹅成为爱情和婚姻的象征。

## 王羲（xī）之爱鹅

东晋书法家王羲之非常喜欢鹅。一次他外出游玩，看到一群漂亮的白鹅就想买下。打听到鹅是附近一个道士所养，他就找道士商量买鹅。道士要求王羲之为他抄写一部《道德经》，才将鹅赠送，王羲之欣然答应，最后得到了鹅。

## 好玩的“鹅”字

“鹅”字，是唯一能够上下左右变换构件位置而不改变原意的汉字。它的字形分别有鹅、䳘（é）、鵞（é）、𩿠（é）。

判断左边哪种动物可能会出现在古代婚礼上。

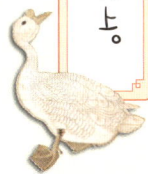

# 所见

［清］袁枚

牧童骑黄牛，歌声振林樾(yuè)。

意欲捕鸣蝉，忽然闭口立。

注释

**牧童：**放牛的孩子。 **振：**振荡，回荡。 **林樾：**道旁的林荫树木。

**意欲：**想要。 **鸣蝉：**鸣叫的知了。 **立：**站立。

韵解

放牛娃娃骑着黄牛，树林回荡着他的婉转歌喉。

忽然想捉树上的蝉，于是站在树旁赶忙闭住口。

## 牛一见到红色就会发怒吗?

牛是色盲，眼里只有黑白两色。斗牛比赛中，牛之所以对红布有反应，是因为牛天生就有攻击移动物体的倾向，把红布换成其他颜色，牛依然会攻击。而之所以用红色，是因为红色能激发人的兴奋情绪，增强表演效果。

## 牛在古代的地位

西周：规定不能无故杀牛，只有天子能在祭祀后吃牛肉。

秦朝：朝廷将全国耕牛登记在册，虐待牛者会受到惩罚。

汉朝：规定宰杀牛前必须上报官府，否则按违法处理。

唐朝初期：唐太宗规定全国一律不准吃牛肉，私自盗杀耕牛将面临刑罚。

南宋：若有宰杀耕牛者，将面临服刑三年的严重后果。

## 各类牛的别称举例

犊（dú）：指小牛。

犕（bèi）：指两岁的牛。

犙（sān）：指三岁的牛。

牭（sì）：指四岁的牛。

犣（liè）：指牦牛。

乌犍（jiān）：泛指耕牛。

沉牛：指水牛。

左边是韩滉创作的《五牛图》中各个牛的姿态，仔细观察，分析一下每头牛是什么姿态。

chì lè

# 敕勒歌

北朝民歌

qióng lú

敕勒川，阴山下。天似穹庐，笼盖四野。

xiàn

天苍苍，野茫茫，风吹草低见牛羊。

注释

**敕勒：**古代民族名。 **敕勒川：**敕勒族居住的地方，在现在的山西、内蒙古一带。 **川：**平原。 **阴山：**在今内蒙古自治区北部。 **穹庐：**用毡布搭成的帐篷。 **笼盖四野：**笼罩着草原的四面八方。 **苍苍：**青色。 **茫茫：**辽阔无边的样子。 **见：**同“现”，显现。

韵解

连绵起伏的阴山，山脚就是敕勒大平原。

天空如巨大毡帐，笼罩着辽阔的大平原。

天空蔚蓝，原野无边，风儿吹过，牧草低弯，吃草的牛羊时隐时现。

## 羊的方形瞳孔

人的瞳孔是圆形的，而羊的瞳孔却是方形的，方形瞳孔能够兼顾周边和中间的视野，有助于发现捕食者。

## 羊毛和羊绒的区别

从来源上，羊毛来自绵羊，而羊绒来自山羊；从外形上，羊毛的鳞片是尖的，而羊绒的鳞片是圆的；从采集方法上，采集羊毛可以剃光绵羊毛，而采集羊绒则需要用特质的铁梳子把少量羊绒梳下来。

## 小羊肖恩是什么羊?

动画片中的小羊肖恩是瓦莱黑鼻羊，来自瑞士瓦莱地区，生活在陡峭崎岖的山坡上。它们外形呆萌可爱，脸、耳朵、双膝和四肢都是黑色的，毛发是雪白的。

## 羊的别名

珍郎、胡髯(rán)郎、膻(shān)根、胡须郎、长髯主簿、髯须参军、独笋子、白沙龙、卷娄。

判断左边哪一位有可能是牧羊人。

# 观猎

［唐］王维

风劲角弓鸣，将军猎渭城。

草枯鹰眼疾，雪尽马蹄轻。

忽过新丰市，还归细柳营。

回看射雕处，千里暮云平。

注释

劲：强劲。 角弓：用兽角装饰的弓。 渭城：古代咸阳城，在今西安市西北。 眼疾：目光敏锐。 新丰：今陕西省临潼区东北。 细柳营：在今陕西省长安区，这里指军营。 暮云平：傍晚的云层与大地连成一片。

韵解

劲风吹动，角弓作响，将军狩猎去了渭城。

草已枯黄，鹰眼锐利，冰雪融化马蹄奔腾。

刚过新丰，转眼之间，骑马回到细柳营前。

回头远眺，射雕之处，白云大地连成一片。

## 千里眼

鹰的眼部结构很独特，有两个视网膜凹槽，分别用来看前方和侧面，每个凹槽用于看东西的细胞要比人的多六七倍。因此，即使在上千米的高空中，鹰也能看清地上的猎物。

## 鹰和雕的区别

分类：鹰属于鹰属，雕属于雕属，二者同属于鹰科，是鹰形目鸟类两个较大的科。

外形：鹰和雕长得很像，但鹰的腿部无毛，雕的腿部有茂密的羽毛。

体型：雕比鹰要大。

捕食：鹰只捕食蛇、老鼠等小型动物，雕则捕食鹿和山羊等稍大的动物。

它们都是国家二级保护动物，需要大家共同珍惜和保护。

## 鹰在古代的象征

图腾象征：原始社会，鹰被人们当作一种神鸟，是图腾崇拜的对象。

“战神”象征：《列子》中提到黄帝和炎帝大战，旗帜上就有鹰的形象。

科举象征：古代科举放榜后，文科会设琼林宴，武科则会设鹰扬宴。

## 古代的“射雕英雄”

斛(hú)律光：北齐将领，曾一箭将空中的雕射下来，人们称他为“落雕都督”。

长孙晟(shèng)：北周大臣，曾一箭射下两只雕，这就是“一箭双雕”的故事。

高骈(pián)：唐代武将，曾一箭射穿两只大雕，人们称他为“落雕侍御”。

判断鹰和雕分别会捕食左图中的哪些猎物。

# 十一月四日风雨大作

［南宋］陆游

风卷江湖雨暗村，四山声作海涛翻。

zhān

溪柴火软蛮毡暖，我与狸奴不出门。

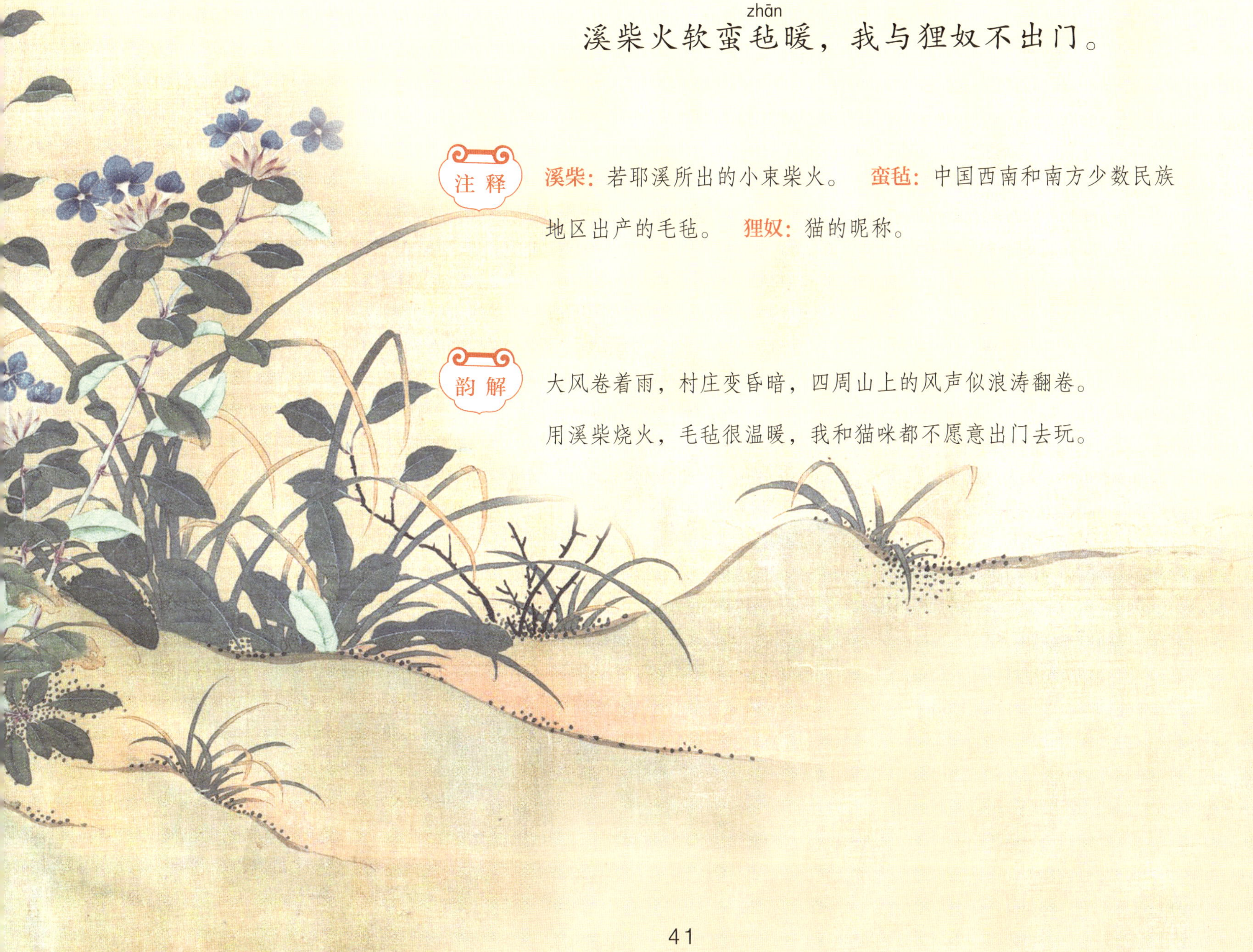

注释 **溪柴：** 若耶溪所出的小束柴火。 **蛮毡：** 中国西南和南方少数民族地区出产的毛毡。 **狸奴：** 猫的昵称。

韵解 大风卷着雨，村庄变昏暗，四周山上的风声似浪涛翻卷。用溪柴烧火，毛毡很温暖，我和猫咪都不愿意出门去玩。

## 为什么猫喜欢吃鱼和老鼠?

猫是夜行动物，为了在夜间能看清事物，需要大量的牛磺酸，而老鼠和鱼的体内就含牛磺酸。

## 各色猫咪在古代的别名

凡是纯色的猫咪：四时好。

纯黑色的猫咪：玄猫、乌云猫、哮铁。

纯白色的猫咪：尺玉、霄飞练。

橘色的猫咪：金丝虎。

橘黄斑点的白色猫咪：雪地金缕、绣虎。

黑黄相间的猫咪：滚地锦。

身黑尾尖白的猫咪：墨玉垂珠。

腹白腿白毛黑的猫咪：乌云盖雪。

## 古代著名的“猫奴”

陆游：为猫写过很多诗词，还给猫取了“雪儿”“小老虎”“粉鼻”等昵称。

嘉靖皇帝：养过一只卷毛猫叫“霜眉”，为猫设立了专门的服务机构，在猫死后以金棺厚葬，还让大臣写祭文，题碑“虬(qiú)龙冢(zhǒng)”。

张之洞：卧室里养了许多猫，猫有时将粪便排在书籍上，他就拿手帕擦干净，并不觉得脏。他一般夜里办公，白天睡觉，有人戏称他是受猫的影响。

观察左边三幅图中的猫，判断一下每只猫在做什么。

# 送友人

[唐] 李白

青山横北郭，白水绕东城。

此地一为别，孤蓬万里征。

浮云游子意，落日故人情。

挥手自兹(zī)去，萧萧班马鸣。

**注释**

**郭：**古代在城外修筑的一种外墙。 **白水：**澄清的水。 **别：**告别。 **蓬：**一种多年生草本植物，干枯后随风飞舞，这里指远行的友人。 **征：**远行。 **浮云：**飘动的云。 **游子：**离家远游的人。 **兹：**这里。 **萧萧：**马的嘶鸣声。 **班马：**离群的马，这里指载人远离的马。

**韵解**

城墙北面有青翠山峦，水波粼粼围绕城东边。

我们在此地依依告别，你像蓬草飞到万里远。

浮云如游子行踪难辨，太阳落山似还有留恋。

挥手目送你骑马离去，马儿嘶鸣也难掩伤感。

## 汗血宝马

“汗血宝马”是汉朝时西域大宛出产的一种良马。汗血宝马的皮肤较薄，奔跑时，血液在血管中流动容易被看到，而马的肩颈部汗腺发达，汗水印迹给人以“流血”的错觉，因此称之为“汗血宝马”。

## 不同颜色的马的别称

骐（qí）：青黑色的马。

骊（lí）：纯黑色的马。

骝（liú）：黑鬃毛、黑尾巴的红马。

骃（yīn）：浅黑带白色的马。

骅（huá）：赤色的骏马。

骢（cōng）：青白相间的马。

骠（biāo）：黄栗色的马。

骆（luò）：黑鬃的白马。

## 历史上的名马

乌骓（zhuī）马：项羽的坐骑，通体乌黑，唯有四个蹄子雪白，称为“踏云乌骓”。

赤兔马：三国时期吕布的坐骑，通体大红色，勇猛异常，当时有“人中吕布，马中赤兔”之说。

的（dì）卢马：三国时期刘备的坐骑，曾驮刘备跳过数丈宽的檀（tán）溪。

绝影：三国时期曹操的坐骑，据说是汗血宝马。

古人与马相关的活动有很多，判断左边图中的人类活动分别是什么。

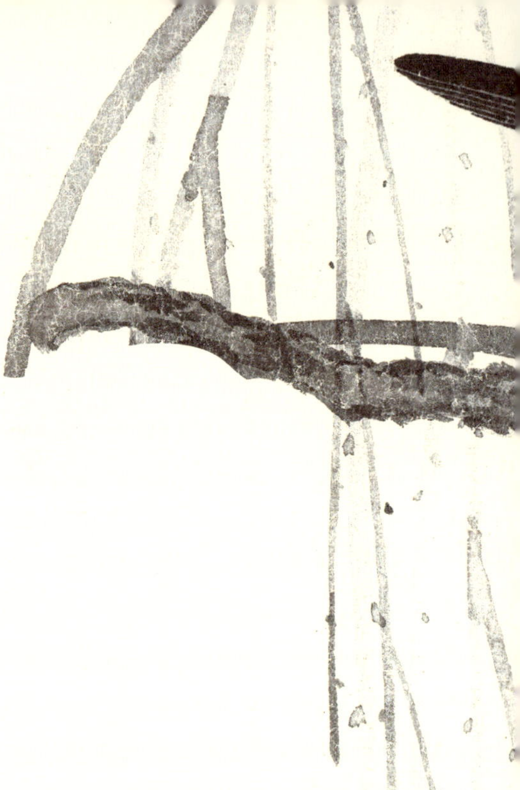

# 天净沙·秋思

［元］马致远

枯藤老树昏鸦，小桥流水人家，古道西风

瘦马。夕阳西下，断肠人在天涯。

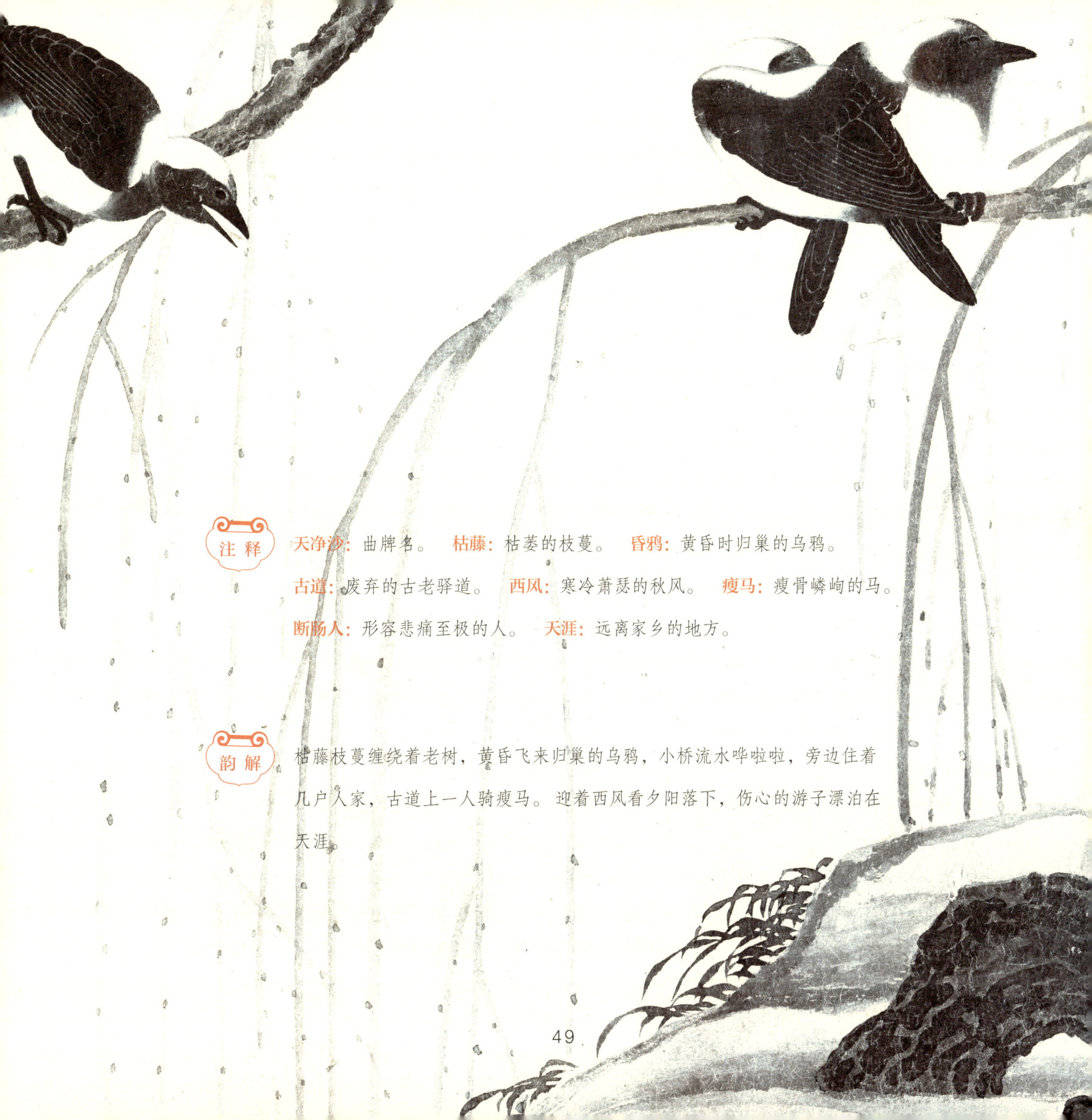

注 释

**天净沙：**曲牌名。　**枯藤：**枯萎的枝蔓。　**昏鸦：**黄昏时归巢的乌鸦。

**古道：**废弃的古老驿道。　**西风：**寒冷萧瑟的秋风。　**瘦马：**瘦骨嶙峋的马。

**断肠人：**形容悲痛至极的人。　**天涯：**远离家乡的地方。

韵 解

枯藤枝蔓缠绕着老树，黄昏飞来归巢的乌鸦，小桥流水哗啦啦，旁边住着几户人家，古道上一人骑瘦马。迎着西风看夕阳落下，伤心的游子漂泊在天涯。

## 聪明的鸟

乌鸦喝水的故事，说明乌鸦会利用工具进食。新喀鸦会用喙制作带钩的棍子，用来钩出树干缝隙里的昆虫。还有一种木屋丛鸦，它们有超强的记忆力，能够记住上百个埋藏食物的地点。

## 吉祥的鸟

唐代以前，乌鸦被认为是吉祥的鸟，西汉董仲舒写的《春秋繁露》里就有“乌鸦报喜”的说法。虽然唐代之后有了“乌鸦出现是凶兆”的说法，但有的地方还是把乌鸦作为神鸟来崇拜。比如川藏地区有“天葬”习俗；武当山上的“乌鸦接食”是“武当八景”之一，游客会带食物喂空中飞绕的乌鸦。

## 孝顺的鸟

据说，乌鸦有反哺之情，是一种很孝顺的鸟。反哺是指雏鸟长大后喂食母鸟，好比人类当中子女长大后孝顺、奉养父母。像这种彰显感恩之心的案例有很多，比如羊羔跪乳、彩衣娱亲等。

## 为什么故宫周围有许多乌鸦?

传说，乌鸦曾救过清太祖努尔哈赤的性命，为报答乌鸦的恩情，故宫里设有很多索伦杆，索伦即“神”的意思。逢年过节或祭祀，统治者会命人在索伦杆上装满乌鸦爱吃的事物。久而久之，乌鸦便都集结在故宫周围了。

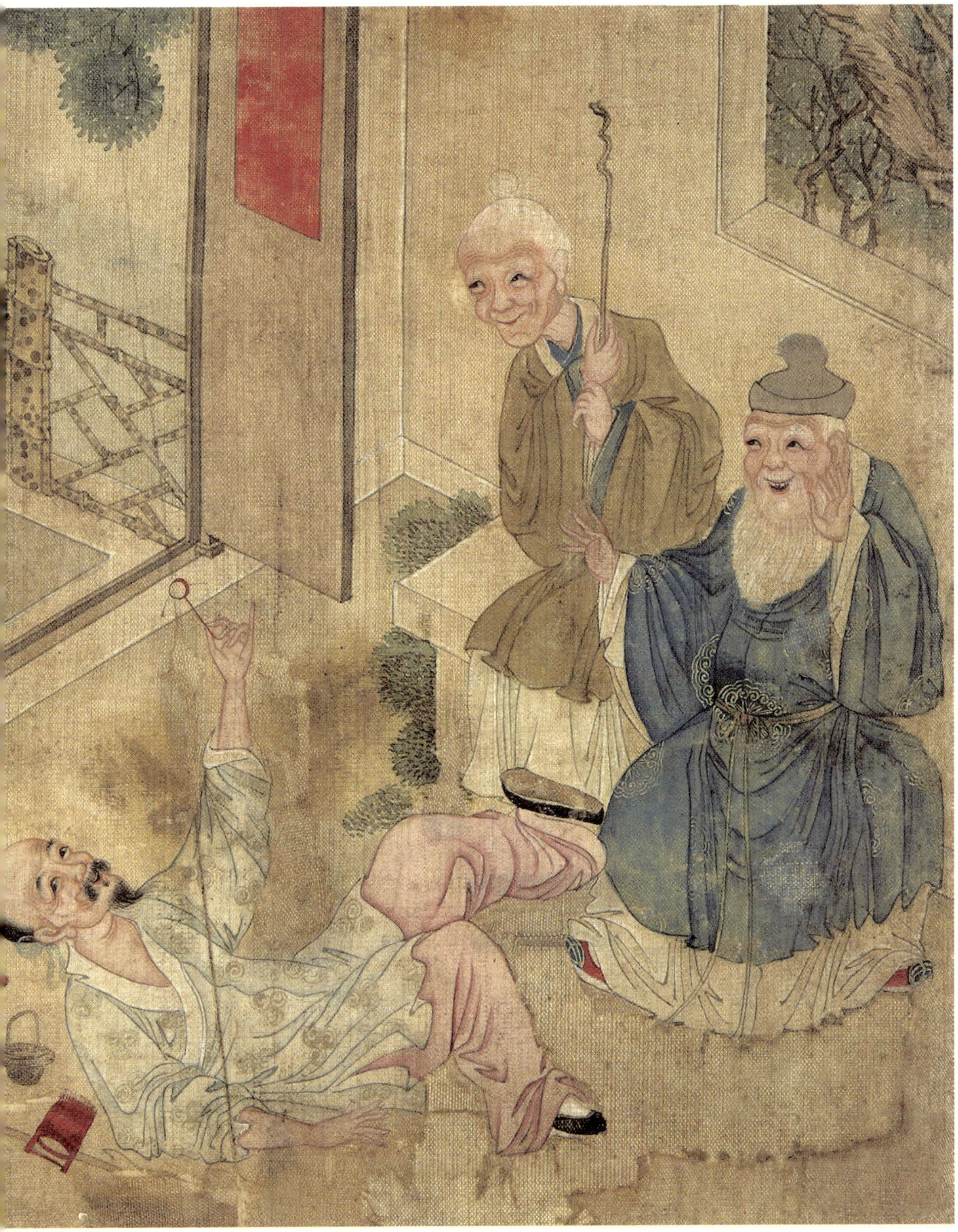

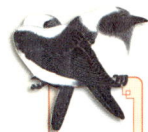

仔细观察左边三幅图，判断哪幅图中表达了反哺之情。

# 绝句二首·其一

［唐］杜甫

迟日江山丽，春风花草香。
泥融飞燕子，沙暖睡鸳鸯。

注释

**迟日：**指春天白日渐长。　**泥融：**指泥土湿润。
**鸳鸯：**一种水鸟，雄鸟与雌鸟常双双出没。

韵解

江山沐浴美丽春光，春风送来花草清香。
燕子啄泥去筑巢穴，鸳鸯成对睡在沙床。

## 燕子的象征意义

燕子是候鸟，一般在春季飞回，因此象征着美好的春光。又因燕子总是成双成对，所以它也是爱情的象征。

## 古人咏燕的诗句

李白：双燕复双燕，双飞令人羡。

白居易：几处早莺争暖树，谁家新燕啄春泥。

韦应物：冥（míng）冥花正开，飏（yáng）飏燕新乳。

晏殊：无可奈何花落去，似曾相识燕归来。

## 鸳鸯怎么区分?

鸳指雄鸟，鸯指雌鸟，它们常常成对出现，所以合称鸳鸯。一般来说，雄鸟的羽毛色泽比雌鸟艳丽许多。

## 鸳鸯象征意义的变化

唐代以前，鸳鸯象征着兄弟之情。曹植给弟弟的《释思赋》中写有“乐鸳鸯之同池，羡比翼之共林”，这里的鸳鸯指兄弟情。唐代诗人卢照邻作诗“得成比目何辞死，愿作鸳鸯不羡仙”，此后，鸳鸯就成了爱情的象征。

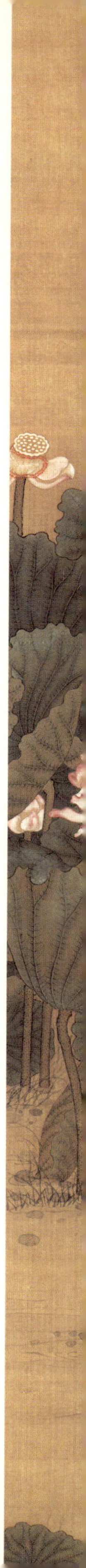

仔细观察左边三幅图，判断各图中哪个是鸳，哪个是鸯。

chú　　jiàn

# 滁州西涧

［唐］韦应物

独怜幽草涧边生，上有黄鹂深树鸣。

春潮带雨晚来急，野渡无人舟自横。

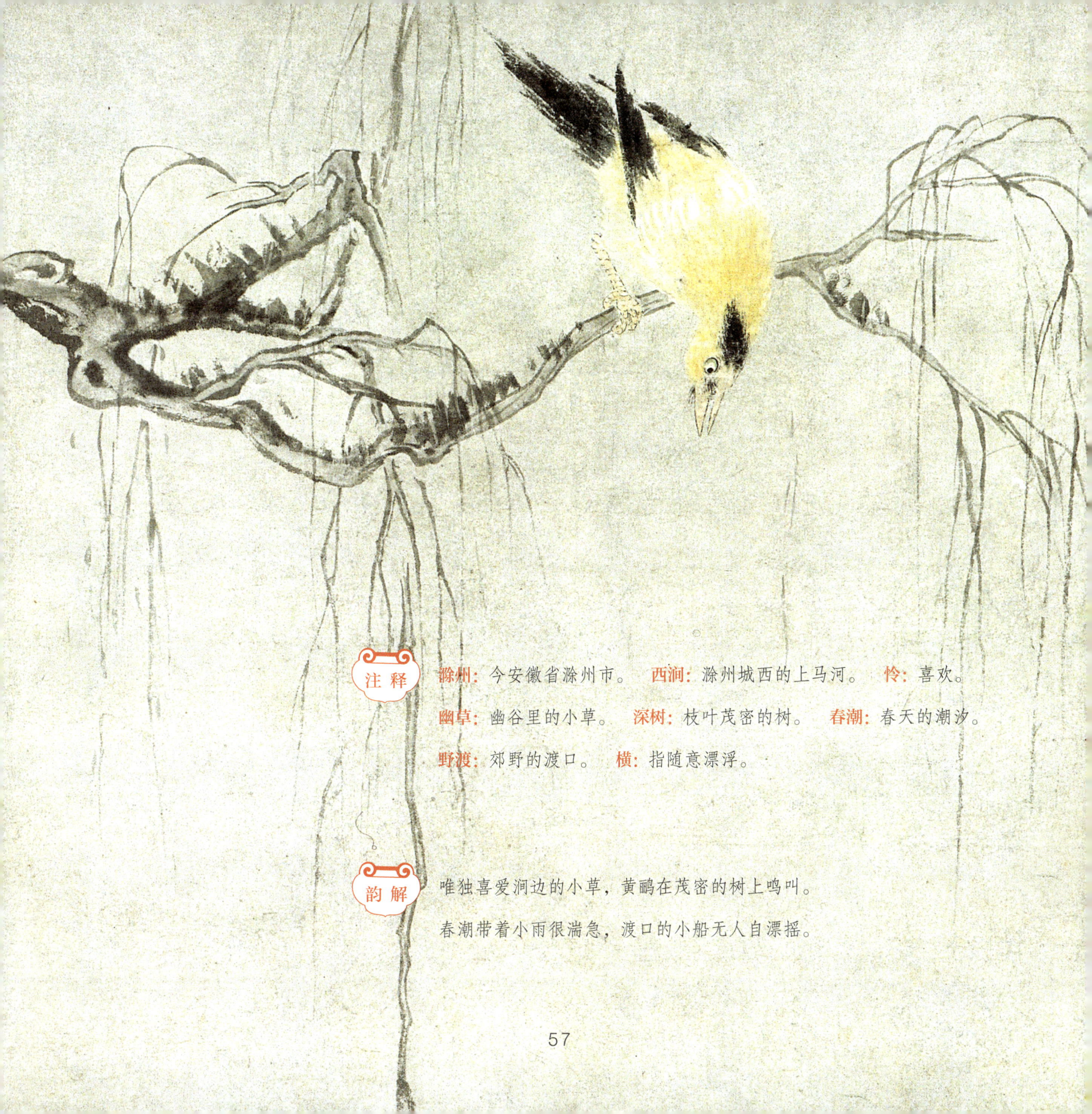

注释

**滁州：**今安徽省滁州市。 **西涧：**滁州城西的上马河。 **怜：**喜欢。

**幽草：**幽谷里的小草。 **深树：**枝叶茂密的树。 **春潮：**春天的潮汐。

**野渡：**郊野的渡口。 **横：**指随意漂浮。

韵解

唯独喜爱涧边的小草，黄鹂在茂密的树上鸣叫。

春潮带着小雨很湍急，渡口的小船无人自漂摇。

## 鸟中的歌唱家

黄鹂声带外的肌肉很发达，歌唱时通过调节神经系统，发出婉转动听的歌声。

一般情况下，黄鹂在早上歌唱最频繁。在繁殖的季节，雄性几乎一整天都在鸣唱，以求得雌性的青睐。

## 与黄鹂有关的诗句

杜甫：两个黄鹂鸣翠柳，一行白鹭上青天。

王维：漠漠水田飞白鹭，阴阴夏木啭黄鹂。

杜牧：千里莺啼绿映红，水村山郭酒旗风。

欧阳修：黄鹂颜色已可爱，舌端哑(yǎ)咤(zhà)如娇婴。

曾几：绿阴不减来时路，添得黄鹂四五声。

## 黄鹂的别称

黄莺、苍庚(gēng)、黄鹂留、黄鸟、金衣公子、鵹(lí)黄、黎黄、流莺、商庚(gēng)。

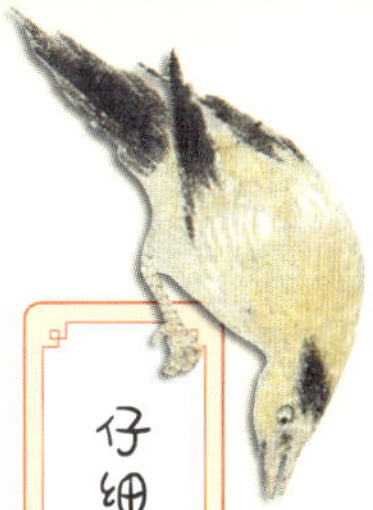

仔细观察左边三幅黄鹂图，判断图中各有什么水果。

# 渔歌子

［唐］张志和

西塞山前白鹭飞，桃花流水鳜(guì)鱼肥。
青箬(ruò)笠(lì)，绿蓑(suō)衣，斜风细雨不须归。

**注释**

**渔歌子：**词牌名。 **西塞山：**在今浙江省湖州市。 **白鹭：**一种白色水鸟。
**桃花流水：**桃花开放时节，春水盛涨，俗称桃花汛或桃花水。
**鳜鱼：**即桂鱼。 **箬笠：**竹叶或竹篾(miè)做的斗笠。 **蓑衣：**用草或棕编制成的雨衣。

**韵解**

西塞山前，白鹭高飞，桃花水涨，鳜鱼肥美。
头戴斗笠，身穿蓑衣，微风小雨，不用急归。

## 白鹭是指 4 种鸟?

白鹭是鹭科白鹭属的 4 种鸟的总称，它们是大白鹭、中白鹭、小白鹭和黄嘴白鹭，因为通体羽毛雪白，故统称为白鹭。

## 官服的图案

因为白鹭在飞翔时有序不乱，正如古代上朝时按照百官班次来，且白鹭又是吉祥之鸟，所以明清时期的官服纹样中就有白鹭，代表六品文官。

## 吉祥寓意

“鹭”与“路”谐音，一幅画着白鹭、莲花、荷叶的吉祥图案，表示“一路连科”。

一只白鹭与牡丹画在一起，有“一路富贵”之意。

## 象征自由

白鹭直飞青天，象征着无拘无束的自由，常常被诗人们吟咏。

观察左边三幅图，哪个动物可能出现在六品文官的官服上？

# 次北固山下

［唐］王湾

客路青山外，行舟绿水前。
潮平两岸阔，风正一帆悬。
海日生残夜，江春入旧年。
乡书何处达？归雁洛阳边。

注释

**次：**停泊。**北固山：**在今江苏省镇江市，三面临长江。**客路：**旅途。**潮平：**潮水涨满，江水与两岸齐平。**风正：**顺风。**悬：**挂。**海日：**海上的旭日。**生：**升起。**残夜：**夜晚将尽时。**江春：**江南的春天。**入：**到。**乡书：**家信。**归雁：**北归的大雁。古代有用大雁传递书信的传说。

韵解

旅途已经到达北固山，行船在青山绿水之间。
潮水涨满两岸变得宽，小船顺风高挂着白帆。
夜色将尽海上旭日升，年关未到江南春意现。
思念的家书寄往何处？希望大雁带到洛阳边。

## 大雁为什么排成一字形或人字形？

雁群又叫“雁阵”，之所以排成一字形或人字形，是因为领头的“头雁”挥翅高飞时会产生一股上升气流，后面的大雁可以依次利用这股气流，从而节省体力。另外，由于“头雁”没有可以借助的上升气流，很容易疲惫，所以雁阵里需要经常更换“头雁”。

## 古代的“信差”

《汉书》中记载，汉朝使者苏武被扣留在匈奴，多年后，汉朝派使者要回苏武，匈奴单于(chán yú)谎称苏武已死。使者便告诉单于，皇帝射中一只大雁，雁足上系着苏武的书信，证明苏武还活着，单于只好放了苏武。这就是“鸿雁传书”的故事。从此，鸿雁便成了信差的代称，也象征着离别与思念。

## 大雁的象征意义

雁是典型的一夫一妻制，母雁失去公雁，或公雁失去母雁，不再另寻伴侣。古代结婚，也有送聘雁的习俗，象征着对爱情的忠贞。

假如古代的游子要往远方寄一封家书，图中的哪种动物最适合担任『信差』？

# 秋词

［唐］刘禹锡

自古逢秋悲寂寥，我言秋日胜春朝（zhāo）。

晴空一鹤排云上，便引诗情到碧霄。

**注释**

**悲寂寥：**悲叹萧条。　**春朝：**春天的早晨，这里指春天。

**排：**推开，冲破。　**碧霄：**青天。

**韵解**

文人自古悲叹秋天萧条，我说秋天美景胜过春朝。

万里晴空白鹤冲破云层，诗兴勃发飞上云外九霄。

## 孝的象征

东晋陶侃(kǎn)的母亲去世时，有两个陌生人来吊唁，陶侃好奇，跟踪两人，只见他们都化成鹤飞走了。原来两只鹤是被陶侃的孝行感动而来的。从此，鹤成了孝的象征，吊丧也叫“鹤吊”。

## 德行的象征

鹤喜欢栖于山泉野林边，象征着君子的高尚德行。古代常常以“鸣鹤”或“鹤鸣”比喻君子。

## 长寿的象征

古代神话传说中，神仙的坐骑往往是鹤，鹤常常被称为“仙鹤”，传说有上千年的寿命，人们也用“鹤老”“鹤寿松龄”等词语比喻长寿。

## 爱鹤的古代人

卫懿(yì)公：春秋时期卫国国君，喜好养鹤，还按鹤的品质、体姿，赐给鹤官位和俸禄。

林逋(bū)：北宋诗人，每逢客至，童仆纵鹤放飞，林逋见鹤必归家，人称“梅妻鹤子”。

谢方叔：南宋宰相，没有别的爱好，唯喜养鹤消遣。

如果要送老人、君子和孝子各一幅图，判断左边三幅图分别适合送给谁。

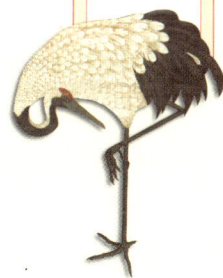

# 江畔独步寻花

［唐］杜甫

黄四娘家花满蹊(xī)，千朵万朵压枝低。
留连戏蝶时时舞，自在娇莺恰恰啼。

注释

**黄四娘：** 杜甫住成都草堂时的邻居。 **蹊：** 小路。
**留连：** 即留恋。 **娇：** 可爱的样子。 **恰恰：** 形容动听的鸟叫声。

韵解

黄四娘家，小路上开满鲜花；万千花朵，把枝条压得垂下。
彩蝶飞舞，留恋在花丛之下；可爱黄莺，自在啼鸣声恰恰。

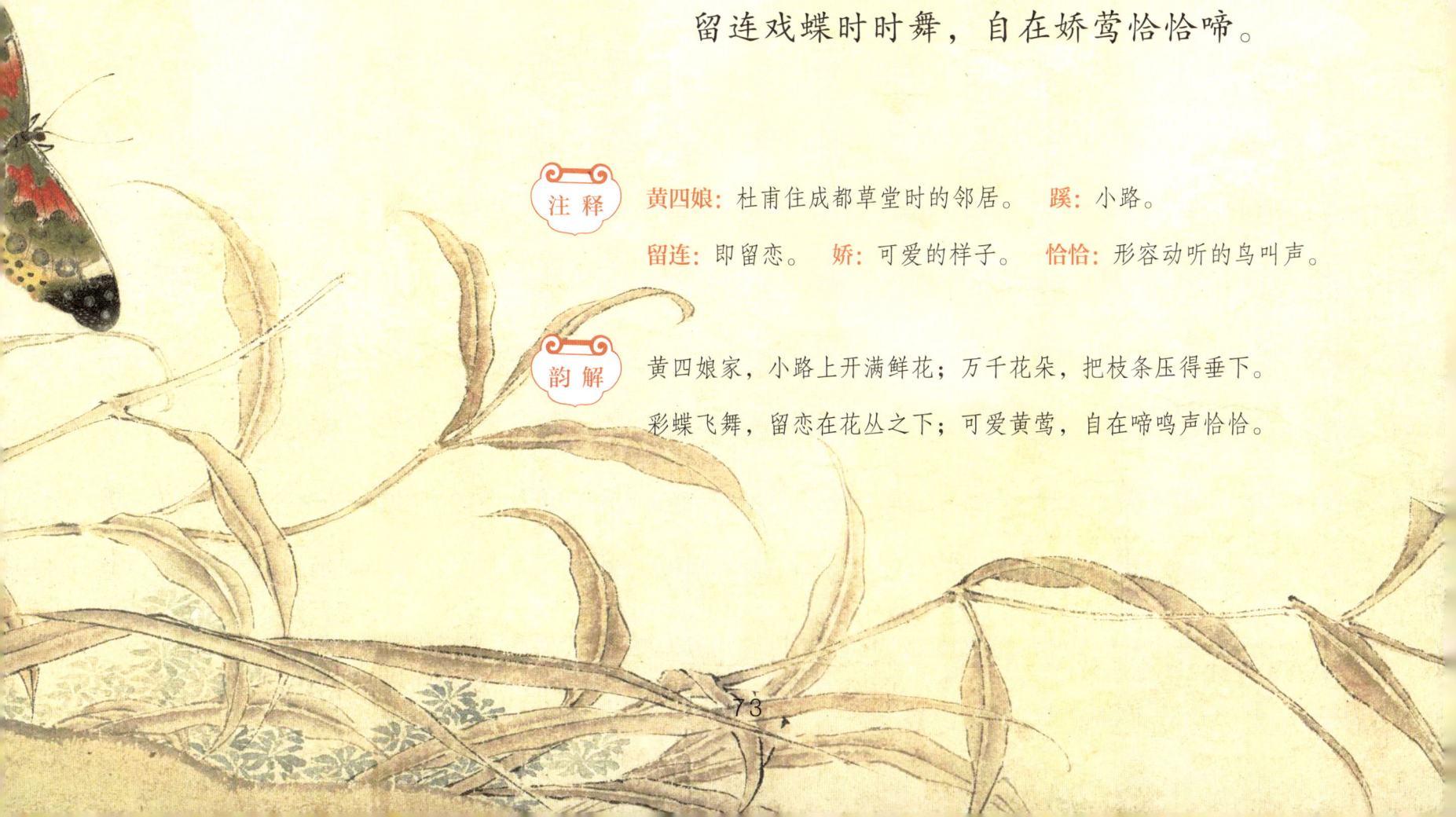

## 庄周梦蝶

庄子曾在梦中幻化成了自由飞舞的蝴蝶，醒来后发觉自己仍然是庄子。他好奇究竟是自己做梦变成了蝴蝶，还是蝴蝶做梦变成了自己。

## 梁祝化蝶

东晋时期，祝员外的女儿祝英台女扮男装和书生梁山伯同窗三年，渐生情愫，二人依依惜别时，山伯答应去祝家提亲。不料英台被父亲逼着嫁给他人，山伯忧郁成疾，不久去世。英台出嫁时绕道去山伯墓前祭奠，痛哭之际，忽然雷电大作，坟墓打开，英台便跳了进去，坟墓随即合上，天气变晴。而后二人化为蝴蝶，从墓中款款飞出。

## 名人吟咏蝴蝶的诗句

李贺：东家蝴蝶西家飞，白骑少年今日归。

李商隐：庄生晓梦迷蝴蝶，望帝春心托杜鹃。

杜甫：穿花蛱(jiá)蝶深深见，点水蜻蜓款款飞。

张孝祥：蝉蜕(tuì)尘埃外，蝶梦水云乡。

左边是《胤禛美人图》的局部，说说哪幅图跟蝴蝶有关。

# 小池

[南宋] 杨万里

泉眼无声惜细流，树荫照水爱晴柔。
小荷才露尖尖角，早有蜻蜓立上头。

注释

**泉眼：**泉水的出口。 **惜：**吝惜。 **照水：**映在水里。 **晴柔：**晴天里的柔和风光。 **尖尖角：**露出水面，还没有舒展的荷叶尖端。

韵解

泉眼无声，不舍细水流；树荫倒映，喜爱风轻柔。
娇嫩荷叶，露出尖尖角；调皮蜻蜓，站在荷上头。

## 蜻蜓为什么点水?

蜻蜓点水实际上是雌蜻蜓在产卵，卵在水草上孵化出幼虫，叫作“水虿(chài)”。经过一年或几年，水虿就羽化成蜻蜓了。

## 巨蜻蜓

经科学研究，恐龙时代之前，有巨蜻蜓存在，是当时最大的昆虫，翼展可达1米，是现代蜻蜓的祖先。

## 眼睛最多的昆虫

蜻蜓的头部，有一对突出的复眼，每只复眼由2.8万多个小眼组成。因此，它可以不用转动头部，就能看到上、下、前、后、左、右各个方向。

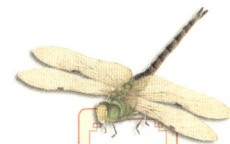

判断左边哪幅图与本诗的意境相似。

# 宣城见杜鹃花

［唐］李白

蜀国曾闻子规鸟，宣城还见杜鹃花。

一叫一回肠一断，三春三月忆三巴。

注释

**宣城：**在今安徽省。 **蜀国：**指四川省。 **子规鸟：**杜鹃鸟的别称。 **杜鹃花：**即映山红。 **三春：**指春季。 **三巴：**巴郡、巴东、巴西三郡的合称，在今天的四川省东部和重庆市。

韵解

遥远蜀国，曾听见子规鸟啼声凄惨；异乡宣城，现如今又见杜鹃花开遍。婉转悲鸣，常常令人听得肝肠寸断；故乡三巴，暮春三月里游子正思念。

## 杜鹃啼血

传说古蜀国有个君主叫杜宇，人称望帝。他把王位让给了治水功臣鳖(biē)灵，自己隐居西山。鳖灵仗着治水功劳，变得独断专行，不体恤百姓。望帝听说后决定进城劝说鳖灵，但鳖灵把城门关了。情急之下，望帝化为杜鹃鸟飞进城里，边飞边叫着：“民贵呀！民贵呀！”鳖灵听了心怀愧疚，从此改过自新。可望帝却无法变回人了，他仍苦苦叫着，口中不断流血，把嘴巴都染红了。

## 鸠占鹊巢中的“鸠”是杜鹃吗？

鸠，指鸤鸠(shī jiū)，即杜鹃。杜鹃不会筑巢，便把蛋下在鹊、柳莺等动物的巢里，等小杜鹃破壳而出，就将其他小鸟挤出巢穴。

## 和花名相同的鸟名

芙蓉花：又叫木莲、木芙蓉，花开后呈深红色；芙蓉鸟又叫金丝雀，羽毛多为黄色。

白头翁花：又叫老姑草，花萼(è)蓝紫色；白头翁又叫白头鹎(bēi)，雄鸟后头部为白色。

天堂鸟花：即鹤望兰，花数朵生于总花梗上，下托一佛焰苞；天堂鸟又叫极乐鸟，雄鸟有华丽的饰羽。

左边哪幅图的所属季节，有可能见到杜鹃鸟？

# 菩萨蛮·书江西造口壁

［南宋］辛弃疾

郁孤台下清江水，中间多少行人泪？西北望长安，可怜无数山。

青山遮不住，毕竟东流去。江晚正愁余，山深闻鹧鸪（zhè gū）。

注释

**菩萨蛮：** 词牌名。 **造口：** 一名皂口，在今江西省万安县南。 **郁孤台：** 又叫望阙台，在今江西省赣州市城区西北部贺兰山顶。 **清江：** 赣江与袁江合流处。

**长安：** 今陕西省西安市，此处指汴京。 **可怜：** 可惜。

**愁余：** 使我发愁。 **鹧鸪：** 鹧鸪鸟，啼声凄苦。

韵解

郁孤台下江水潺(chán)潺，多少行人眼泪涟涟？举头眺望西北长安，可惜只见无数青山。青山难挡大江东去，黄昏的我满怀愁绪，深山鹧鸪传来悲啼。

## 喜欢沙浴的鸟

鹧鸪喜欢晒太阳，它们清洁身体的主要方式是沙浴，这也是它们宣示领地的方式。一旦宣布主权，该地盘只允许有一只公鹧鸪和被它认可的母鹧鸪在这里沙浴。

## 诗歌里的鹧鸪

鹧鸪啼声悲切，听起来像“行不得也哥哥”，很容易勾起旅人的离愁别绪，因此，它是离愁伤感的象征。

## 诗人的“动物外号”

郑鹧鸪：晚唐诗人郑谷，以《鹧鸪诗》得名。

崔鸳鸯：唐朝诗人崔珏(jué)，以《鸳鸯诗》闻名。

谢蝴蝶：北宋文学家谢逸，曾写过 300 多首咏蝶诗。

梅河豚：北宋诗人梅尧臣，曾在范仲淹宴席上作《范饶州坐中客语食河豚鱼》诗。

张孤雁：宋末词人张炎，因漂泊的身世和词作《解连环·孤雁》得名。

判断鹧鸪鸟喜欢左边哪种环境。

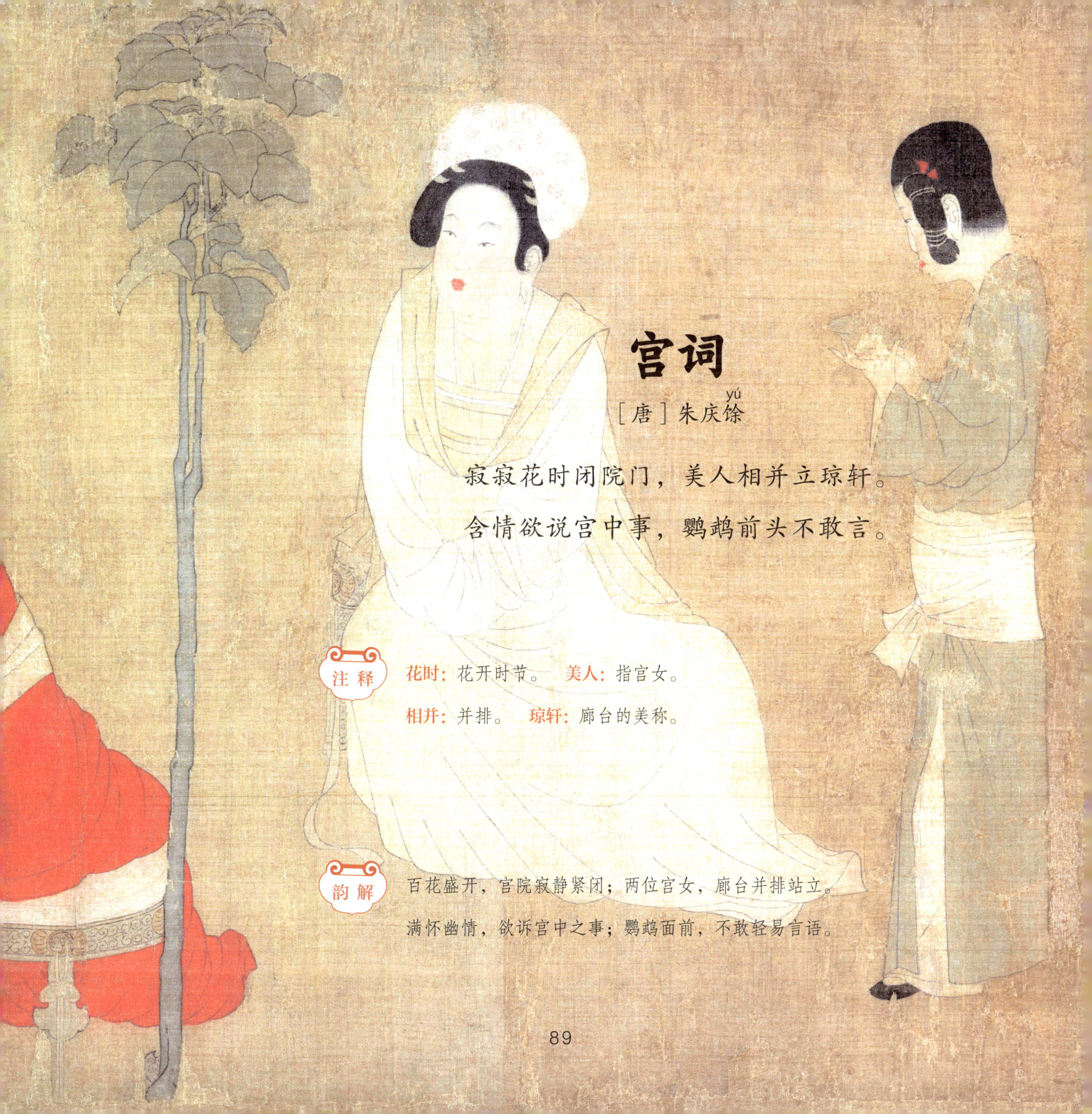

# 宫词

［唐］朱庆馀(yú)

寂寂花时闭院门，美人相并立琼轩。
含情欲说宫中事，鹦鹉前头不敢言。

注释

**花时：**花开时节。 **美人：**指宫女。
**相并：**并排。 **琼轩：**廊台的美称。

韵解

百花盛开，宫院寂静紧闭；两位宫女，廊台并排站立。
满怀幽情，欲诉宫中之事；鹦鹉面前，不敢轻易言语。

## 为什么鹦鹉能说话?

鹦鹉口腔大，舌头灵活，鸣肌发达，所谓“说话”只是机械性的模仿。它们还能逼真地模仿其他鸟鸣，这在科学上称为“效鸣”。不仅是鹦鹉，八哥、鹩(liáo)哥等鸣禽也能效鸣。

## 用“脚”吃东西的鸟

鹦鹉是唯一用脚充当“手”吃东西的鸟类，它们会用脚握着食物塞入口中。经研究，左脚长于右脚的鹦鹉，大部分用左脚抓食；右脚长于左脚的鹦鹉，大部分用右脚抓食。

## 吃土的鹦鹉

鹦鹉常吃植物的果实、种子、嫩芽以及少量昆虫，有时也会吃土，因为吃土可以帮助它们消化和排毒。

## 皇帝的宠物

唐玄宗的爱鸟是只白色鹦鹉，能背诵诗篇，非常聪明，取名雪衣娘。每当玄宗与大臣或嫔妃下棋要输时，侍从便让雪衣娘飞下来，在棋盘上捣乱，为玄宗挽回面子。

判断雪衣娘可能会飞到哪幅图的棋盘上。

# 逢雪宿芙蓉山主人

［唐］刘长卿

日暮苍山远，天寒白屋贫。

柴门闻犬吠(fèi)，风雪夜归人。

注释

**逢：**遇上。　**宿：**借宿。　**芙蓉山：**在今湖南省境内。

**日暮：**傍晚的时候。　**苍山远：**青山在朦胧暮色中显得很远。

**白屋：**简陋的茅草屋。　**犬吠：**狗叫。　**夜归人：**夜间回来的人。

韵解

朦胧暮色下苍山路途遥远，天气寒冷更显得茅屋贫贱。

柴门之外传来了声声犬吠，在夜里冒着风雪把家归还。

## 狗是色盲吗?

经研究，狗能够分辨深浅不同的蓝色和紫色，但对红色和绿色感受力不强，红色对狗来说是暗色，绿色对狗来说则是白色。所以绿色草坪在狗的眼里，只是一片白色草地。

## 古代狗的雅称

火耳：文官所养。

哮天犬、雷被、火突：武官所养。

黄耳：出自晋代崔豹的《古今注》。

豺舅：出自唐朝段成式的《酉(yǒu)阳杂俎(zǔ)》。

韩卢：出自《战国策》。

地羊：出自明朝李时珍的《本草纲目》。

十骏犬：乾隆帝所养的欧洲纯种猎犬，郎世宁为其作画，名字分别是霜花鹞(yào)、睒(shǎn)星狼、金翅猃(xiǎn)、苍水虬(qiú)、墨玉螭(chī)、茹黄豹、雪爪卢、蓦(mò)空鹊、斑锦彪、苍猊(ní)。

## 古代名人的宠物狗

黄耳：西晋文学家陆机的狗，曾给主人送过家信。

乌觜(zuǐ)：北宋诗人苏轼的狗。

太阳犬：清末民族英雄邓世昌的狗，甲午海战中，跟随主人一起殉国。

判断左边哪个人是诗中说的『风雪夜归人』。

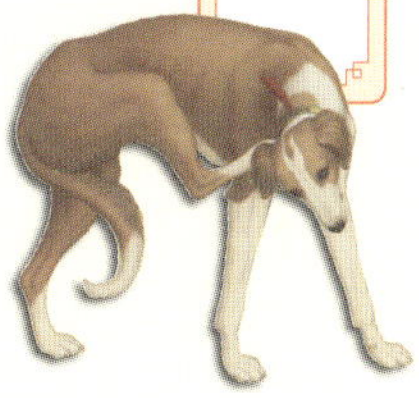

# 答案

P7

P11

P15

P19

P23

P27

P31

P35

P39

P43

P47

P51

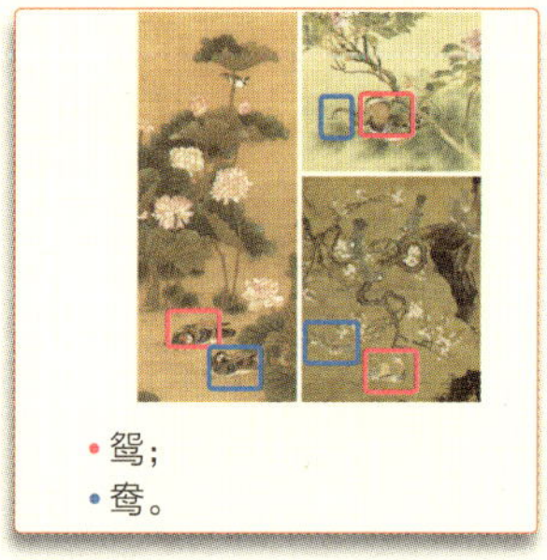

P55

P59

P63

P67

P71

P75

P79

P83

P87

P91

P95

# 古诗词里的博物学

## 草木蓁蓁

李山 主编

中国水利水电出版社
www.waterpub.com.cn
·北京·

## 内 容 提 要

《古诗词里的博物学》系列共四册，各册为《虫鸟啾啾》《草木蓁蓁》《山水绵绵》《童趣盈盈》，分别以动物、花草、山水、游戏为主题，并做相关的知识延伸，介绍各种动物的习性、花草的历史、山水古迹的文化以及传统的娱乐形式，文后设置了生动有趣的游戏互动版块，配有精美的名家古画，让孩子在感受古诗词魅力的同时，爱上古诗词，开阔眼界，了解传统文化知识和有趣的冷知识，提高对文化艺术的审美和鉴赏能力。

**图书在版编目（CIP）数据**

古诗词里的博物学. 草木蓁蓁 / 李山主编. -- 北京: 中国水利水电出版社, 2022.1（2022.10 重印）
ISBN 978-7-5226-0325-4

Ⅰ. ①古… Ⅱ. ①李… Ⅲ. ①占典诗歌－诗歌欣赏－中国－少儿读物②植物－少儿读物 Ⅳ. ①I207.2-49 ②Q94-49

中国版本图书馆CIP数据核字(2021)第262873号

| | |
|---|---|
| 书　　名 | **古诗词里的博物学（全四册）**<br>GUSHICI LI DE BOWUXUE（QUAN SI CE） |
| 作　　者 | 李山　主编 |
| 出版发行 | 中国水利水电出版社<br>（北京市海淀区玉渊潭南路1号D座　100038）<br>网址：www.waterpub.com.cn<br>E-mail：sales@mwr.gov.cn<br>电话：（010）68545888（营销中心） |
| 经　　售 | 北京科水图书销售有限公司<br>电话：（010）68545874、63202643<br>全国各地新华书店和相关出版物销售网点 |
| 排　　版 | 北京水利万物传媒有限公司 |
| 印　　刷 | 天津旭非印刷有限公司 |
| 规　　格 | 260mm×250mm　12开本　31.5印张（总）　149千字（总） |
| 版　　次 | 2022年1月第1版　2022年10月第2次印刷 |
| 定　　价 | 198.00元（全四册） |

凡购买我社图书，如有缺页、倒页、脱页的，本社营销中心负责调换

# 目录

# 梅花

［北宋］王安石

墙角数枝梅，凌寒独自开。

遥知不是雪，为有暗香来。

**注释**

**凌寒：** 冒着严寒。 **遥：** 远远地。 **知：** 知道。 **为：** 因为。

**暗香：** 这里指梅花的幽香。

**韵解**

几支梅花墙角生长，冒着严寒独自开放。

远看不是白雪飘扬，因为传来阵阵梅香。

## 梅花的地位

梅花是中国十大名花之首，与兰花、竹子、菊花一起列为“四君子”，与松、竹并称“岁寒三友”。

## 爱梅花的古代文人

林逋(bū)：北宋诗人，隐居杭州孤山，植梅放鹤，称“梅妻鹤子”。

范成大：南宋诗人，喜爱梅花，特地为梅花写过一本《范村梅谱》，这也是世界上第一本梅花专著。

王冕(miǎn)：元代画家，隐居于九里山，种植梅花上千株，所居为“梅花屋”。

## 梅花妆

相传，南北朝时期，宋武帝的女儿寿阳公主在歇息的时候，一朵梅花掉在了她的额头上，难以揭下。三天之后，梅花被清洗，公主额头上留下了梅花花瓣的印记。宫中女子见公主额上的梅花印非常美丽，于是剪梅花贴于额头，由此成为一种妆容，时称“梅花妆”。

## 梅花雅称大赏

暗香、百花魁、玉霄神、霜女、玉玲珑、寿阳花、驿使、一枝春、艳魄、状元花。

判断左边哪个女子化的是梅花妆。

# 菊花

［唐］元稹(zhěn)

秋丛绕舍(shè)似陶家，遍绕篱边日渐斜。

不是花中偏爱菊，此花开尽更无花。

**注释**

**秋丛**：菊花丛。　**舍**：房子。　**陶家**：东晋诗人陶渊明的家。

**遍绕**：环绕一遍。　**篱**：篱笆。　**斜**：倾斜。　**尽**：完。　**更**：再。

**韵解**

菊花丛环绕房舍好似陶潜家，绕着篱笆赏花红日逐渐倾斜西下。

百花之中我并非只喜爱菊花，只因此花开放过后再没有其他花。

## 菊花的地位

菊花是中国十大名花之一，花中四君子之一，世界四大切花之一。

## 菊花诗的花样写法

吃菊花：朝饮木兰之坠露兮，夕餐秋菊之落英。

采菊花：采菊东篱下，悠然见南山。

喝菊花酒：待到重阳日，还来就菊花。

夸菊花：宁可枝头抱香死，何曾吹落北风中。

## 菊花的象征

孤高傲世：因菊花饱经风霜，生命力顽强。

吉祥长寿：菊花类的食品可延年益寿。

淡泊名利：陶渊明的诗赋予了菊花此象征寓意。

品格高洁：大多数菊花花期较长，色彩不过于艳丽，且耐严寒。

## 菊花会

在古代，菊花会是秋季和重阳节重大的娱乐活动，人们还举办斗菊比赛，评出“菊王”。广东省中山市小榄镇菊花会创办于宋代末年，历史悠久，是中国延续年代最久、规模最大的菊花会之一。

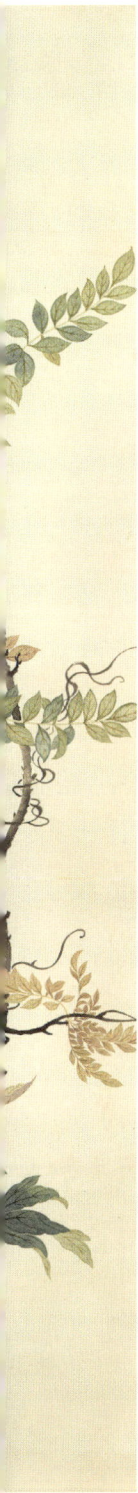

如果要送一束花给古代的隐士，左边哪一种最合适？

# 晓出净慈寺送林子方

［南宋］杨万里

毕竟西湖六月中，风光不与四时同。
接天莲叶无穷碧，映日荷花别样红。

注释

**晓：**天刚亮。　**净慈寺：**西湖四大古刹之一。　**林子方：**作者的朋友。
**毕竟：**到底。　**四时：**春夏秋冬四个季节。　**接天：**像与天空相接。
**无穷碧：**无穷的碧绿。　**映日：**太阳映照。　**别样：**特别。

韵解

到底是西湖六月的风景，与其他季节的风光大不相同。
碧绿的莲叶连接到天际，红日与荷花辉映色彩分外红。

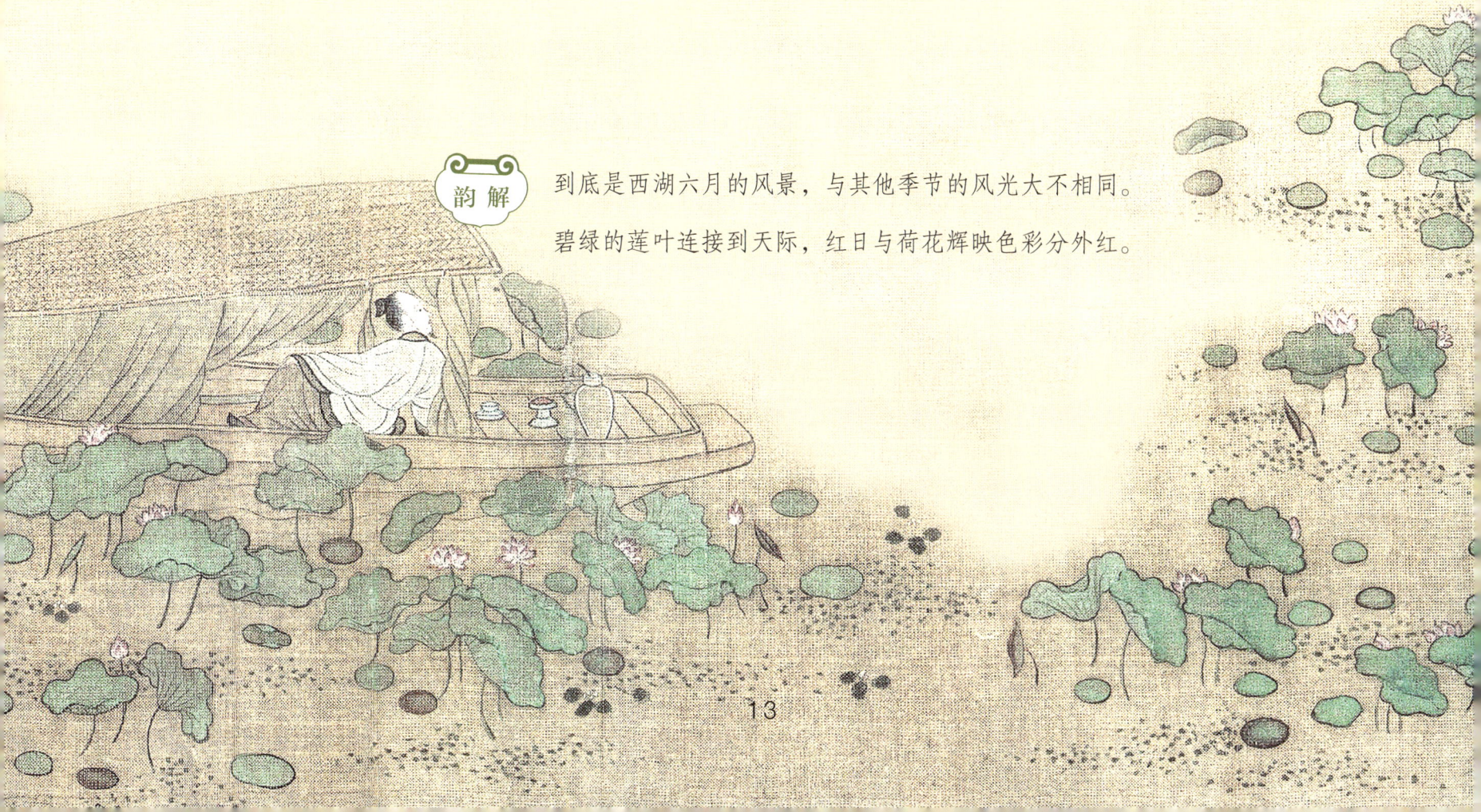

## 植物中的“活化石”

在人类出现以前，地球气候恶劣，只有少数植物生存，其中就有荷花。因此，荷花被称为植物中的“活化石”。

## 荷花的含义

因为荷花“出淤(yū)泥而不染”，所以在中国传统文化里，它象征着清白、高洁的君子品行。

## 荷花为什么“出淤泥而不染”？

荷花花叶表皮有蜡质和角质，可以防水，而萼片和花瓣层叠包裹，不会渗入泥水。

## 为什么会“藕断丝连”？

藕断丝连是个成语，比喻表面断绝关系，实际依旧有牵连。而藕中的“丝”是一种螺旋状的纤维素，负责输送水分和养料，供藕生长。

## 荷花的别称

莲花、芙蕖(qú)、菡萏(hàn dàn)、芙蓉、藕花、泽芝、凌波仙子、君子花。

如果要送一朵荷花给左边的画中人，你觉得送给哪副图中的人合适？

# 箴(zhēn)作诗者

［清］袁枚

倚马休夸速藻佳，相如终竟压邹(zōu)枚。
物须见少方为贵，诗到能迟转是才。
清角声高非易奏，优昙(tán)花好不轻开。
须知极乐神仙境，修炼多从苦处来。

**注释**

**箴：**劝告。 **倚马：**东晋袁虎倚靠战马就能很快写完文章，这就是倚马可待的典故，这里形容才思敏捷。 **休：**不要。 **藻：**辞藻。 **相如：**西汉辞赋家司马相如。 **邹枚：**西汉辞赋高手邹阳、枚皋，写得比司马相如快，却没后者成就高。 **清角：**乐调名。 **优昙：**昙花。

**韵解**

别夸袁虎倚马迅速完成的辞藻好，司马相如的才艺比邹阳和枚皋高。
稀有的东西见得少了就变得珍贵，诗词到能流传的时候才称得上妙。
清亮高亢的角声不能够轻易弹奏，美丽的昙花从来不会很轻易开放。
想知道极乐的神仙境界在哪里找，只有辛勤刻苦地磨炼才能够达到。

## 为什么说“昙花一现”？

昙花一现是个成语，比喻美好的事物或景象出现了一下，很快就消失了。因为昙花在晚上开花，且大多数昙花的开放时间只有 4 个小时左右，非常短暂，所以才有“昙花一现”的感慨。

## 昙花的别称

琼花、月下美人、昙华、夜会草、鬼仔花、韦陀(tuó)花。

## 为什么昙花只在夜间开放?

昙花的原产地在美洲的沙漠里，那里气候干旱炎热，白天气温高，水分蒸发量大，昙花吸收不了多少水分。晚上则气温低，水分蒸发量小，昙花能得到足够的水分开花。

## 昙花一现，只为韦陀

相传，昙花原是一位花神，喜欢上给她浇水的年轻人。玉帝知道后，就把花神贬下凡间，惩罚她每年只开一次花。而年轻人被送去出家，法名韦陀，忘记了前尘往事。下凡的花神忘不了韦陀，千百年间，每年都在韦陀下山给佛祖采茶的地方等他。道士聿(yù)明氏深受感动，违反天规，把花神带到了韦陀身边，韦陀终于想起了前世因缘。这就是“昙花一现，只为韦陀”的传说。

根据左边图中的景色，判断一下哪幅图可能是昙花开放的时间。

# 水仙花

［南宋］杨万里

韵绝香仍绝，花清月未清。

天仙不行地，且借水为名。

注释

**韵：**风韵。**绝：**极品。**仍：**又。**清：**清丽。

**不行地：**指水仙花生长不需要土壤。

韵解

风韵和芳香都极致，花比月色更加清丽。

生长不需在土壤里，暂且借水作为名字。

## 水仙是从国外传来的？

唐朝学者段公路的《北户录》里提到了波斯人穆思密送给晚唐词人孙光宪几棵水仙花，这是对水仙最早的记录。也就是说，水仙在我国，只有一千多年的历史。

## 水仙花有毒吗？

水仙花是一种有毒的植物，毒主要集中在鳞茎和花叶中的汁液部分，其成分主要是水仙素和水仙碱等有毒物质。如果不小心碰到水仙花的汁液，一定要及时清洗干净。

## 水仙花的雅称

凌波仙子、金盏银台、姚女花、雪中花、栗(lì)玉花、黄玉花、雅客、俪兰、落神香妃。

## 古代名人的“水仙诗”

黄庭坚：凌波仙子生尘袜，水上轻盈步微月。

朱熹：水中仙子来何处，翠袖黄冠白玉英。

钱选：帝子不沉湘，亭亭绝世妆。

李东阳：澹(dàn)墨轻和玉露香，水中仙子素衣裳。

养左边哪种花要小心中毒呢？

# 赏牡丹

［唐］刘禹锡

庭前芍药妖无格，池上芙蕖净少情。
唯有牡丹真国色，花开时节动京城。

注释

**妖无格：**妖娆美丽，但缺乏格调。　**芙蕖：**荷花的别称。

**净少情：**洁净却缺少情韵。　**国色：**倾国倾城之美色。　**动：**轰动。

韵解

庭院芍药，妖娆美丽缺格调；池塘荷花，清雅洁净情韵少。

唯有牡丹，才是倾国倾城貌；花开时节，轰动京城真热闹。

## 花中之王

牡丹是中国十大名花之一，有“花中之王”的美誉。2019年，中国花卉协会对公众做调查，牡丹被评为国花。

## 牡丹花的别称

鼠姑、鹿韭(jiǔ)、白茸(róng)、木芍药、百两金、洛阳花、富贵花。

## 牡丹的象征意义

牡丹雍容华贵、富丽堂皇，象征着幸福、和平、繁荣、昌盛。

## 古代名人与牡丹花

隋炀(yáng)帝：专门在洛阳开辟西苑，收集奇花异石，派人将从各地收集到的牡丹种植在西苑中。

武则天：传说，隆冬飘雪时节，武则天令百花齐放，百花惧于威势，一齐开放，唯有牡丹枝叶干枯，武则天愤怒地将牡丹贬至洛阳，一到洛阳，牡丹昂首绽放。

杨贵妃：杨贵妃喜爱牡丹，唐明皇在沉香亭、骊山行宫各处种植牡丹，还把牡丹赐给了杨贵妃的族兄杨国忠。

欧阳修：在洛阳做官时，欧阳修遍访各处，详细考察，完成了中国第一部牡丹专著《洛阳牡丹记》。

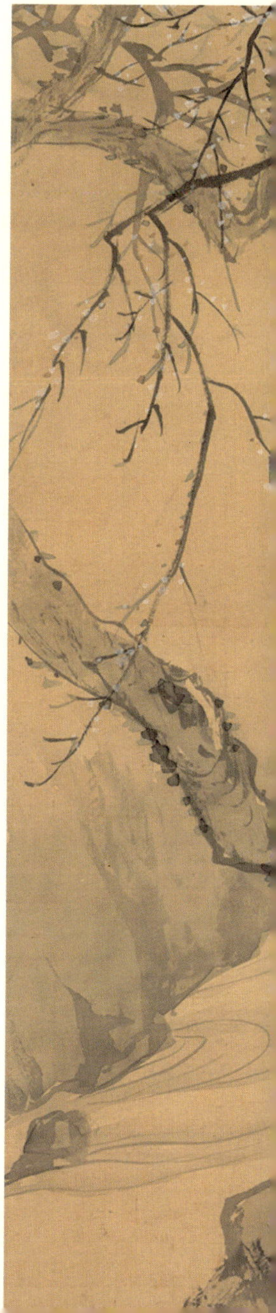

牡丹花是富贵的象征，你觉得左边的人谁会喜欢牡丹花？

# 海棠

［北宋］苏轼

东风袅袅泛崇光，香雾空蒙月转廊。
只恐夜深花睡去，故烧高烛照红妆。

注释

**东风：**春风。 **袅袅：**微风吹拂的样子。 **泛：**摇动。 **崇光：**指春光。 **空蒙：**朦胧。 **夜深花睡去：**唐玄宗曾夸赞睡着的杨贵妃如海棠花，这里引用此典故。 **故：**于是。 **红妆：**美女，此处比喻海棠。

韵解

东风吹拂华美春光，雾气朦胧融着花香，月光转到回廊。
怕花趁着夜深睡去，点燃高高的红蜡烛，映照美丽红妆。

## 海棠与其他花果的组合寓意

玉棠富贵：指海棠与玉兰、牡丹、桂花组合，寓意美好和富贵。

五世同堂：指海棠与五个柿子组合，寓意子孙兴旺。

## 海棠的美称

花中神仙、花贵妃、花尊贵、国艳。

## 相思花

宋代诗人陆游与唐琬被迫离异，分离之际，唐琬送给陆游一盆秋海棠，称此为“断肠花”，陆游悲痛欲绝，称此为“相思花”。从此，海棠有了相思、苦恋的象征意义。

## 古代名人吟咏海棠的诗句

周紫芝：春似酒杯浓，醉得海棠无力。

陈与义：海棠不惜胭脂色，独立蒙蒙细雨中。

李清照：试问卷帘人，却道海棠依旧，知否？知否？应是绿肥红瘦。

唐寅：自今意思和谁说，一片春心付海棠。

判断左边哪幅图表达了玉棠富贵的美好寓意。

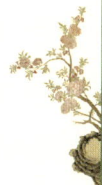

# 感遇·其一

［唐］张九龄

兰叶春葳蕤(wēi ruí)，桂华秋皎洁。
欣欣此生意，自尔为佳节。
谁知林栖(qī)者，闻风坐相悦。
草木有本心，何求美人折。

注释

**葳蕤：**草木因茂盛而枝叶下垂的样子。 **桂华：**桂花。 **生意：**生机勃勃。 **自尔：**自然地。 **佳节：**美好的季节。 **林栖者：**山中隐士。 **闻风：**闻到芳香。 **坐：**因而。 **悦：**喜爱。 **本心：**天性。 **美人：**指隐士。

韵解

春天里的幽兰繁盛茂密，秋天里的桂花清新洁皙。
这些草木充满勃勃生机，自然地顺应了美好节气。
不曾想这里的山中隐士，因闻到芳香而满怀欢喜。
草木天性本就散发香气，又岂会乞求观赏者折取。

## 中国兰

中国传统名花中的兰花仅指分布在中国兰属植物中的若干种地生兰，如春兰、惠兰、建兰、墨兰和寒兰等，这就是我们通常说的“中国兰”。

## 君子的象征

兰花颜色素淡，香气清幽，神韵清雅，是具有高洁品行的君子象征。

## 兰花的别称

九畹（wǎn）、兰苕（tiáo）、国香、幽兰、服媚、第一香、郑女花、朱蕤、待女。

## 带“兰”的夸赞之词

兰章：比喻诗文之美。

兰交：比喻友谊之真。

兰时：指良时、春时。

兰馨（xīn）：比喻德行之美。

兰室：芳香典雅的居室。

兰桂：比喻君子或子孙。

兰闺：女子居室的美称。

兰言：喻指心意相投的言论。

宋末画家郑思肖，擅画墨兰，但经历南宋亡国之痛后，其所画兰花都是无根的，寓意南宋失去国土根基。判断左边哪幅图是郑思肖画的兰花。

# 山石榴寄元九（节选）

［唐］白居易

闲折两枝持在手，细看不似人间有。

花中此物似西施，芙蓉芍药皆嫫(mó)母。

注释

**山石榴**：指杜鹃花。**持**：拿。**西施**：春秋时期越国美女，中国古代四大美女之一。 **皆**：都。 **嫫母**：传说中黄帝的次妃，中国古代四大丑女之一。

韵解

空闲之时折取两枝拿在手里，细细打量它不像人间所能拥有。
百花中这花就像西施大美女，芙蓉和芍药像嫫母不能跟它比。

## 杜鹃为什么跟鸟同名?

相传望帝杜宇化成杜鹃鸟哀鸣时，嘴角不停流血，最后把漫山遍野的花都染红了。从此，人们把这种花叫作杜鹃花。

## 杜鹃花的象征

杜鹃花开放时花朵繁密，颜色鲜艳，因此被视为热情、纯真、美好的象征。

## 杜鹃花的别称

羊踯躅(zhí zhú)、山石榴、映山红、照山红、唐杜鹃。

## 杜鹃花为什么叫羊踯躅?

汉代的《神农本草经》中，将羊踯躅列为有毒植物，羊踯躅是一种黄色的有毒野生杜鹃，羊如果吃了它的花和叶，就会踯躅蹒跚(pán shān)，故名“羊踯躅”。一般，有毒的杜鹃花颜色比较浅淡，无毒的则比较鲜艳。

## 白居易咏杜鹃花的诗句

《山石榴花十二韵》：好差(chāi)青鸟使，封作百花王。

《喜山石榴花开》：但知烂熳恣(zì)情开，莫怕南宾桃李妒。

《戏问山石榴》：小树山榴近砌栽，半含红萼带花来。

请找出左边图中的杜鹃花。

zhè gū

# 鹧鸪天·桂花

［南宋］李清照

暗淡轻黄体性柔，情疏迹远只香留。
何须浅碧深红色，自是花中第一流。
梅定妒，菊应羞，画阑（lán）开处冠中秋。
骚人可煞无情思，何事当年不见收。

**注释**

**鹧鸪天：**词牌名。 **轻黄：**浅黄。 **妒：**妒忌。 **画阑：**华丽的栏杆。 **冠：**居于首位。 **骚人：**指屈原。《楚辞》中有许多花木，却唯独没写桂花。 **可煞：**可是。 **情思：**情意。 **何事：**为何。

**韵解**

花色浅黄样子也温柔，远离尘世却浓香久留。
无须拥有大红大绿色，自然是花中第一风流。
令梅花妒忌菊花害羞，中秋的花它位居其首。
可是屈原真没有情意，为何文章里也没见收。

## 种桂花的古代名人

柳宗元：唐代文学家，曾经从湖南衡阳移桂花十余株栽植于零陵县。

白居易：唐代诗人，曾将杭州天竺寺的桂花移栽至苏州。

李德裕：唐代宰相，将收集的各地桂花名品引种到洛阳郊外的别墅中。

## 为什么古代文人喜欢桂花?

晋代郤诜(xì shēn)被人推荐为左丞相，皇帝问他对自己的评价，他说："我就像月宫里的桂枝，昆仑山上的宝玉。"言外之意即他是难得的人才。因为科举考试往往在秋天举行，而桂花也是在秋天开放的，人们便用"蟾(chán)宫折桂"比喻考中进士。赶考前，人们还会送考生桂花糕，称为"广寒糕"，有广寒高中的寓意。

## 桂花的寓意

在中国文化里，桂花有崇高、美好、吉祥、友好、忠贞不屈等寓意。

## 桂花的别称及来由

木犀(xī)：纹理如犀。

仙友：香气馥郁(fù yù)，清雅高贵。

岩桂：岩岭上生长。

九里香：浓香久远。

金粟(sù)：花色金黄，细小如粟。

秋香：秋天开放。

古代画中有白头翁、桂花和芙蓉花相结合，
寓意『白头荣贵』，左边哪幅图有此寓意？

# 春暮游小园

［南宋］王淇

一从梅粉褪(tuì)残妆，涂抹新红上海棠。
开到荼蘼(tú mí)花事了，丝丝天棘(jí)出莓墙。

注释

**一从：**自从。 **褪残妆：**指梅花凋谢。 **花事了：**指春天的花全都开完。 **天棘：**即天门冬，草本植物。 **莓：**山莓。

韵解

梅花凋谢像美女卸下残妆，海棠醒来开始涂抹浓妆。

荼蘼花开后春花就会开光，丝丝天棘已经爬过莓墙。

## 与荼蘼花有关的宴会

北宋大臣范镇的家中有荼蘼花架，每到荼蘼盛开，范镇就在荼蘼花架下设宴。席间会进行游戏，规定如果有荼蘼花落入酒杯，就喝一大杯酒。花自然落下时，一人或数人饮酒。但当微风吹过，荼蘼花漫天飞舞而后落下，则在座宾客都饮酒。当时人们称这种宴会为“飞英会”。

## 荼蘼花的寓意

荼蘼花是春天最后开花的植物，开过之后春天就结束了，所以荼蘼花常有女子青春将逝的伤感寓意。

## 荼蘼的别称

佛见笑、百宜枝、独步春、琼绶(qióng shòu)带、白蔓君、雪梅墩(dūn)。

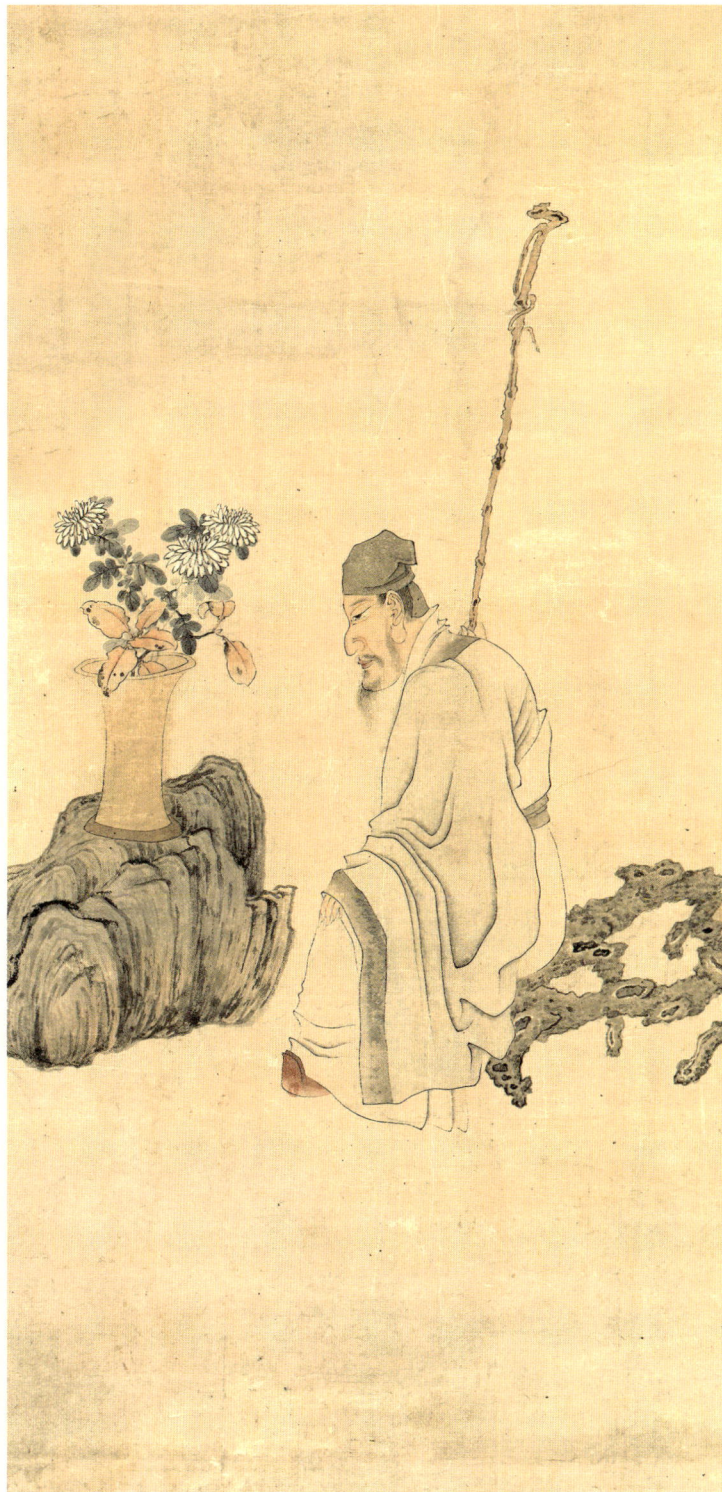

判断左边哪个人的心情有可能与看到荼蘼花时一样感伤。

# 游园不值

［南宋］叶绍翁

应怜屐(jī)齿印苍苔，小扣柴扉(fēi)久不开。

春色满园关不住，一枝红杏出墙来。

注释

**值：**遇到。 **应：**大概。 **怜：**怜惜。 **屐齿：**木鞋底下凸出的像齿的部分。 **小扣：**轻轻敲门。 **柴扉：**用木柴、树枝制作的门。

韵解

主人怜惜青苔会被木屐踩坏，轻轻敲门却久久没人来开。

柴门根本关不住满园的春色，一枝粉红杏花伸出了墙外。

## “红杏”不是红色？

杏花一般是白色和粉色，之所以说“红杏”，是因为在古代红色是一个系列色，包括从淡粉色到深红色，甚至赭(zhě)石色，也可以称为红。同时，诗中用“红杏”，也是诗歌押韵的需要。

## 及第花

杏花每年三月份开花，正值古代考进士的时候，所以，将它称为及第花。

## 杏坛

传说孔子讲学的地方种满了杏树，后来凡是用来讲学的地方，都叫作杏坛。

## 杏林

三国名医董奉，治病从不收钱，而是让人栽种杏树，重症痊愈者种 5 株，轻症则种 1 株，数年后，形成一片十万余株的杏林。后来，杏林便成为医学界的代称。

## 杏园探花宴

唐代新科进士会在杏园初次聚会，称为探花宴。众人选两名进士充当探花使者，由他们骑马游览曲江或别处，寻觅名花，并采摘回来供大家赏花。

假如你在唐代考中进士，可以参加左边哪类聚会？

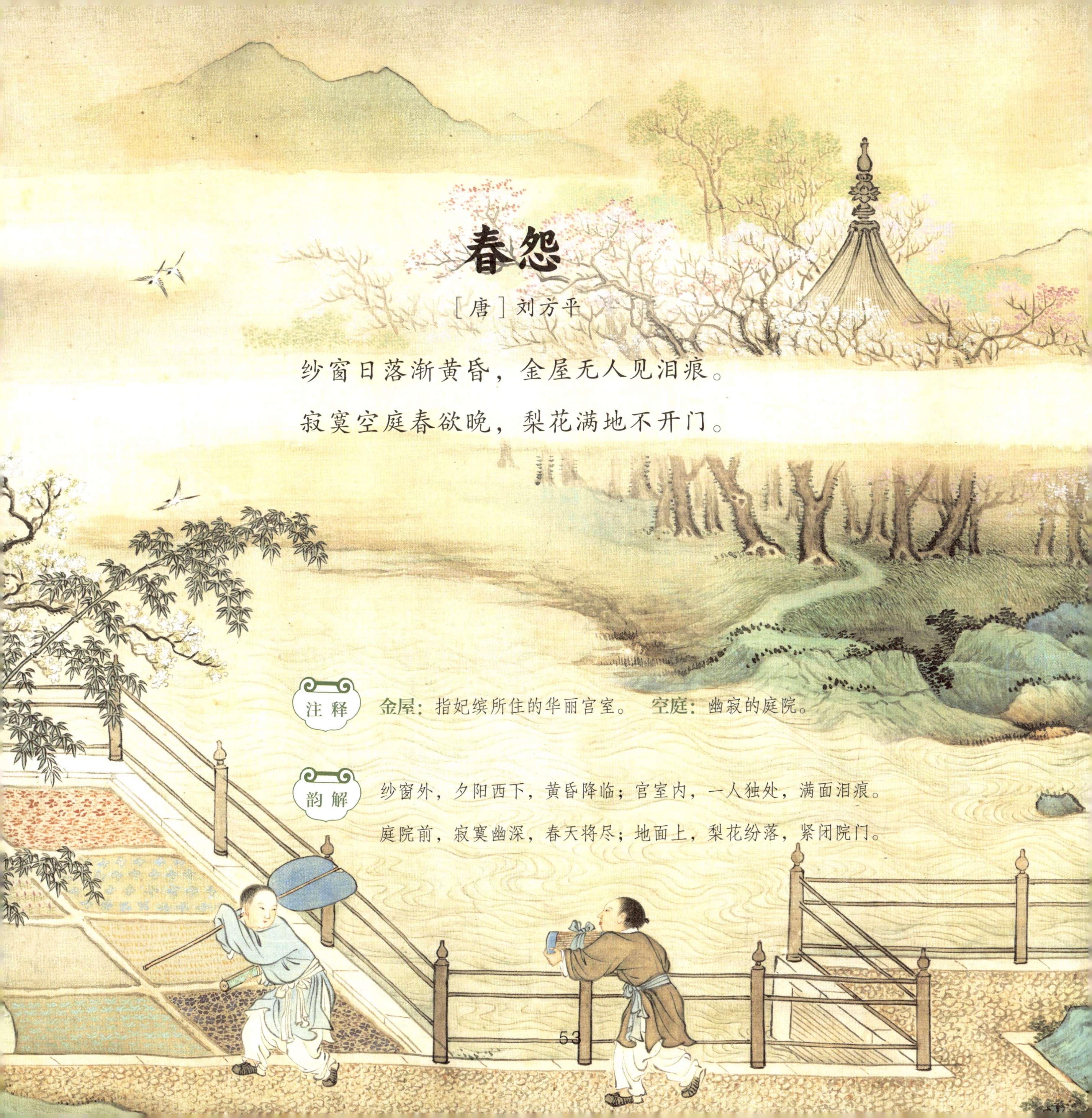

# 春怨

［唐］刘方平

纱窗日落渐黄昏，金屋无人见泪痕。

寂寞空庭春欲晚，梨花满地不开门。

注释　**金屋**：指妃嫔所住的华丽宫室。　**空庭**：幽寂的庭院。

韵解　纱窗外，夕阳西下，黄昏降临；宫室内，一人独处，满面泪痕。

庭院前，寂寞幽深，春天将尽；地面上，梨花纷落，紧闭院门。

## 梨花的寓意

梨花在暮春凋谢，“梨”又与“离”谐音，因此，梨花往往代表惆怅伤感的情绪。又因梨花颜色洁白，有时也代表着纯真的爱情。

## 梨花的别称

玉雨花、晴雪、淡客、香雪。

## 与梨花有关的情景诗

看到下雪：千树万树梨花开。

看到人哭：梨花一枝春带雨。

跟人分离：梨花与泪倾。

晚上赏月：梨花院落溶溶月。

伤春情怀：落尽梨花春又了。

室内听雨：雨打梨花深闭门。

思念他人：记得那人，和月折梨花。

身在异乡：羞见梨花飞。

梨花凋谢：梨花欲谢恐难禁。

仔细观察左边三幅图，给每幅图配一句与梨花有关的情景诗。

# 叹葵花

［唐］戴叔伦

今日见花落，明日见花开。
花开能向日，花落委苍苔。
自不同凡卉，看时几日回。

注释

**向日**：朝着太阳。　**委**：丢弃。
**苍台**：青色的苔藓。　**凡卉**：普通花草。

韵解

今天看见花凋谢，明天的花还会开。
花开时朝向太阳，花谢时落在青苔。
自然不同其他花，看了几日才回来。

## 为什么向日葵朝向太阳?

其实，只有在生长阶段的向日葵才向着太阳，白天随太阳从东向西移动，晚上再朝向东，这样有助于向日葵快速生长。当花盘成熟后，向日葵则一直朝着东南方向，这有助于提升花盘温度，吸引昆虫传授花粉。

## 吃葵花子能舒缓心情?

葵花子中的镁(měi)元素与钙元素可以调节神经和肌肉紧张度，缓解压力，舒缓心情。

## 向日葵的别称

丈菊、本番菊、迎阳花、朝阳花、转日莲、向阳花、望日莲、太阳花。

## 古代有瓜子吗?

向日葵是在明代中后期才传入我国的。古代虽然也有瓜子，但不是葵花子，而是甜瓜子、西瓜子等。如长沙马王堆汉墓出土的辛追遗体，其肠胃内就有未消化完的138粒甜瓜子。

左边三幅图的主人公分别是大禹、宋太祖和乾隆帝，判断哪个人能吃上葵花瓜子。

# 苔

［清］袁枚

白日不到处，青春恰自来。
苔花如米小，也学牡丹开。

注释 **苔：**苔藓。 **白日：**太阳。 **青春：**生机勃勃的绿意。

韵解 阳光照不到此地，生命仍然充满绿意。

苔花微小如米粒，也学牡丹绽放自己。

## 苔藓有根吗?

苔藓没有真正的根和茎，叶也没有分化，它的根、茎、叶，被叫作拟根、拟茎和拟叶。

## 苔藓有多“伟大”？

对于环境：吸水性好，能抓紧泥土，防止水土流失。

对于动物：可作为鸟雀或其他哺乳动物的食物。

对于农田：能分泌酸性代谢物来腐蚀岩石，加快岩石分解，形成土壤。

## “土壤检测员”

不同作物适合的土壤不同，如水稻、西瓜等适合在酸性土壤中种植，菊花、茶叶等适合在碱(jiǎn)性土壤中种植。有的苔藓植物可以作为土壤酸碱度的指示性植物，如白发藓、岩生黑藓生长在酸性土壤中，墙藓生长在碱性土壤中。

## 名人吟咏苔藓的诗句

刘禹锡：苔痕上阶绿，草色入帘青。

王维：返景入深林，复照青苔上。

李贺：云根苔藓山上石，冷红泣露娇啼色。

判断左边的植物所属的土壤，哪种适合墙藓生长。

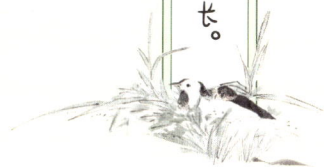

# 大林寺桃花

［唐］白居易

人间四月芳菲尽，山寺桃花始盛开。
长恨春归无觅(mì)处，不知转入此中来。

注释

**大林寺**：在庐山大林峰，中国佛教圣地之一。 **芳菲**：指春日景色。
**始**：才。 **长恨**：常常惋惜。 **觅**：寻找。 **不知**：想不到。 **转**：反。

韵解

四月里人间的百花凋败，古寺中的桃花刚刚盛开。
常常惋惜春光逝去不再，不曾想已经转到这里来。

## 桃花情景诗

夸新娘美丽：桃之夭夭，灼(zhuó)灼其华。

夸女生好看：人面桃花相映红。

送别朋友：桃花潭水深千尺，不及汪伦送我情。

夸人品德高尚：桃李不言，下自成蹊。

赞美老师：桃李满天下。

回忆往事：桃李春风一杯酒，江湖夜雨十年灯。

看到桃花凋谢：花谢花飞花满天。

表达隐居时的闲适之情：寻得桃源好避秦，桃红又是一年春。

## 桃花的传统寓意

桃花象征着春天和爱情，而桃果有长寿、健康、生育的寓意。

## “黛(dài)玉葬花”葬的什么花?

“黛玉葬花”是文学名著《红楼梦》中的经典片段。林黛玉爱花惜花，觉得花落后埋到土里最干净，就把花装进香囊，埋进土里。而这里的花，指的就是桃花。

## 桃花的别称

阳春花、玄都花、武陵色、红雨。

给左边每幅图中的场景配一句桃花情景诗。

# 窗前木芙蓉

［南宋］范成大

辛苦孤花破小寒，花心应似客心酸。
更凭青女留连得，未作愁红怨绿看。

注释

**木芙蓉**：芙蓉花的别名。 **破小寒**：指芙蓉花冒着微寒天气开放。 **更凭**：就算是。 **青女**：指神话中掌管霜雪的仙女，此处比喻芙蓉花。 **愁红怨绿**：经过风雨摧残的残花败叶。

韵解

孤单开放的芙蓉花冒着微寒，它心中与客居的游子一样心酸。滞留在此经受着风霜的摧残，却不像其他残花败叶那般愁怨。

## 花色一日三变

随着一天中气温的变化，芙蓉花中的色素和酸碱度也会发生改变，因此芙蓉花的花色一日三变。

## 成都别名“芙蓉城”的来历

相传，后蜀皇帝孟昶(chǎng)的妃子花蕊夫人喜欢芙蓉花，孟昶遂颁(bān)发诏令，让城中遍种芙蓉花。秋季花开时，孟昶与花蕊夫人登城楼赏花，芙蓉灿若朝霞，连绵数十里。自此，成都有了“芙蓉城”的美誉。

## 忠贞爱情的象征

后蜀国破，花蕊夫人被宋太祖俘虏(fú lǔ)，每日对着孟昶的画像伤心流泪，宋太祖逼迫其交出画像，花蕊夫人不从，惨遭杀害。人们为了纪念花蕊夫人，便尊其为“芙蓉花神”。而芙蓉花也有了忠贞爱情的象征意义。

## 芙蓉花的别称

木芙蓉、拒霜花、木莲、地芙蓉、华木。

左边哪幅图表达了芙蓉花的象征意义？

# 水仙子·夜雨

［元］徐再思

一声梧叶一声秋，一点芭蕉一点愁，三更归梦三更后。

落灯花，棋未收，叹新丰孤馆人留。

枕上十年事，江南二老忧，都到心头。

注释

**水仙子**：曲牌名。 **三更**：夜半时分。 **归梦**：回家的梦。 **灯花**：灯芯余烬结成的花形。 **叹新丰孤馆人留**：化用唐朝马周住新丰旅店时备受冷落的典故。 **二老**：父母双亲。

韵解

雨滴在梧桐叶上如今已入秋，声声打着芭蕉惹起离愁，半夜三更做着回家的梦。

灯花落在盘上，棋子还没有收，可叹我还在新丰旅店中滞留。

倚靠着枕头，十年经历和对江南二老的思念都一齐涌上心头。

## 芭蕉的寓意

在传统文化中，芭蕉常常代表着孤独和离愁别绪。文学作品中有“雨打芭蕉”的意象，蕴含着女子的闺阁愁怨或旅客思乡的情绪，有时也表达静听雨声的闲适之情。

## 怀素书蕉

蕉叶题诗是古代文人墨客的风雅之举，这种做法源于唐代僧人怀素。

十岁就出家的怀素自幼苦练书法，因为买不起纸，就在寺院种了许多芭蕉。芭蕉长大后，怀素就摘下叶子，在上面练习书法。这就是“怀素书蕉”的故事。

## 蕉叶覆鹿

春秋时期，郑国的樵夫打死一只鹿，怕被别人发现，就把它藏在路边的沟里，上面覆盖蕉叶。后来他去取鹿时，忘记了藏鹿的地方，还以为自己做了个梦，梦见把鹿藏起来了。后来人们用“蕉叶覆鹿”一词比喻得失荣辱如梦如幻。

左边哪幅图与『怀素书蕉』有异曲同工之妙？

# 代赠二首·其一

［唐］李商隐

楼上黄昏欲望休，玉梯横绝月如钩。

芭蕉不展丁香结，同向春风各自愁。

注释

**玉梯横绝：**华美的楼梯横断，无法登上。　**芭蕉不展：**芭蕉心紧裹而未展开。　**丁香结：**丁香花花骨朵含苞欲放的样子。　**向：**对着。

韵解

黄昏独上高楼，想远眺又罢休；楼梯横断开来，新月弯如玉钩。

蕉心还未展开，丁香郁结不解；同被春风吹过，各自怀着忧愁。

## 丁香名字的由来

丁香花的花筒细长，形状像钉子，古代的“钉”也写作“丁”，又因香气浓郁，故名丁香。

## 丁香的寓意

丁香花未开时的花苞称丁香结。古代文人常以丁香结比喻愁思郁结，用来写情人或友人之间的离愁。

## 古代的“口香糖”

丁香作为药材，能健胃消胀，清新口气。《汉官仪》中有言：“尚书郎含鸡舌香伏其下奏事。”这里的鸡舌香，指的就是丁香。

东汉桓帝时，有一位叫刁(diāo)存的官员，因有口臭，皇帝难以忍受，就赐给他一粒像钉子一样的东西，让他含在嘴里。刁存以为是毒药，一直不敢咽下去，回家后与亲友诀别时，才被人认出是上等香料鸡舌香。刁存吐出后，便闻到一股香气。

此后，口含鸡舌香便成了一种宫廷礼仪。

判断左边哪个人会经常口含丁香。

# 咏石榴花

[北宋] 王安石

今朝五月正清和，榴花诗句入禅那。

浓绿万枝红一点，动人春色不须多。

注释

**入禅：**入定。僧人修行的一种方法，端坐闭眼，心神专注。 **红一点：**指石榴花的鲜红颜色。

韵解

五月早晨正平和清净，见石榴花开去禅室入定。

万千翠绿中映着鲜红，动人的春色不用很繁盛。

## 石榴裙的相关故事

传说杨贵妃爱穿绣满石榴花的红裙子。唐明皇整日跟杨贵妃饮酒赏花，不理朝政，大臣们对杨贵妃很不满，拒不对她行礼。

一次，唐明皇宴请群臣，邀杨贵妃献舞助兴，杨贵妃说大臣们对她无礼，她不愿献舞。唐明皇听了很生气，就命令群臣向杨贵妃行礼，不然重重惩罚。群臣这才向杨贵妃下跪，杨贵妃遂穿着石榴裙跳舞。后来，人们形容男子被女人的美丽所征服，就称其“拜倒在石榴裙下”。

## 石榴的寓意

石榴多籽，“籽”与“子”谐音，因而在传统文化中，石榴是多子多福的象征。俗语称石榴“千房同膜，千子如一”。民间嫁娶，人们在新房案头放置剖开后露出浆果的石榴，表达对新人的美好祝福。

## 石榴花的别称

安石榴、涂林、丹若、天浆、金罂（yīng）、金庞、若榴、山力叶、珠实。

判断杨贵妃会喜欢左边哪幅图中的服饰。

# 芍药

［唐］韩愈

浩态狂香昔未逢，红灯烁(shuò)烁绿盘笼。

觉来独对情惊恐，身在仙宫第几重(chóng)。

注释

**浩态：**花瓣层叠、花朵很大的姿态。 **狂香：**花香浓郁。 **逢：**遇见。

**红灯：**指花朵。 **盘笼：**指盘旋的绿叶。 **觉来：**醒来。 **几重：**几层。

韵解

花朵硕大香气浓，以前从未遭逢，花朵闪烁如灯，与绿叶相辉映。

醒来与花独相对，些微感到惊恐，恍恍惚惚觉得，是在哪重仙宫？

## 牡丹和芍药的区别

花期：牡丹在三月份开放，芍药在春末夏初开放。

根茎：牡丹的根茎常为黑色，芍药的根茎为青绿色。

花叶：牡丹花朵比芍药大，叶片在开端分裂，芍药的叶片末端成尖状。

花瓣：牡丹顶端只生一朵花，芍药顶端会生好几朵花。

## 四相簪（zān）花宴

北宋的韩琦在扬州做官时，花园里的芍药一枝有四杈（chà），每杈一朵花，花瓣红色，花蕊金黄色，故称此花为金缠腰。韩琦请当时在杭州的王安石、王珪和陈适之来赏花。他剪下这四朵花，插于每人头上。传说此花开时，会有人当宰相。神奇的是，此后三十年间，这四个人相继做了宰相。

## 芍药的别称

将离、离草、婪（lán）尾春、余容、犁食、没骨花、黑牵夷、红药。

## 最好的“醒酒药”

唐代有用芍药的香气来醒酒的习俗。宴饮时，人们将芍药花摘下，放在盘内，摆在餐桌中间。一般巡酒至末座的一杯酒叫婪尾酒，又因芍药在春末开放，故称其“婪尾春”。

《红楼梦》中有一回写史湘云醉卧芍药花丛的美丽场景。判断左图中哪个是史湘云。

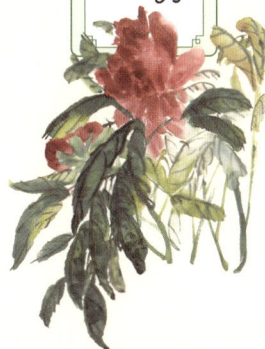

# 山茶

［南宋］陆游

东园三月雨兼风，桃李飘零扫地空。
唯有山茶偏耐久，绿丛又放数枝红。

注释

**雨兼风：**暴风骤雨。　**桃李：**桃花和李花，泛指园中花卉。
**耐久：**山茶花期长，可以开到春末。

韵解

三月的花园经历了骤雨和暴风，满地落花已经飘飞无影踪。
唯有山茶耐寒还在长期开放中，绿丛间枝头开花朵朵鲜红。

## 有个性的花

山茶被认为是很有个性的花。因为其他花凋谢时都是花瓣一片片掉落，而山茶却以在枝头最完美的姿态整朵掉下。

## 山茶的别称

玉茗、耐冬、海石榴。

## 胜利之花

相传，明末清初，吴三桂投降清军，清朝封他为云南的平西王。吴三桂在五华山建宫殿，造阿香园，收集天下奇珍异草。听说陆凉县的普济寺的一株茶花有九蕊十八瓣，他认为是稀世珍品，便派人去挖。村民反抗，茶花仙子托梦，说自有办法对付吴三桂。

到了阿香园，三年内，茶花因没有开一朵花，而被吴三桂打得满身伤痕，花匠也受到了牵连。为救花匠，茶花仙子进入吴三桂的梦中，骂其卖主求荣。吴三桂醒来后深觉恐慌，就让人把茶花送回了普济寺。从此，人们视茶花为胜利之花。

判断一下，山茶花可以用在左边哪个场景。

# 淮上与友人别

[唐] 郑谷

扬子江头杨柳春，杨花愁杀渡江人。

xiāo xiāng

数声风笛离亭晚，君向潇湘我向秦。

注释

**淮：**指淮水。 **扬子江：**长江的一支，在今江苏省镇江、扬州一带。 **杨花：**柳絮。 **愁杀：**满怀愁绪。 **风笛：**风中传来的笛声。 **离亭：**驿亭。 **潇湘：**今湖南省一带。 **秦：**今陕西省境内，这里指长安。

韵解

扬子江头，杨柳青青春意已深；杨花飞舞，愁思缠绕着渡江人。微风轻拂，笛声传来暮色降临；你去潇湘，而我却要北上赴秦。

## 杨花是什么花?

杨花指柳絮，古诗词中的“杨柳”一词不是杨树和柳树的合称，而是特指柳树，一般是垂柳。

## “杨柳”的来历

隋(suí)朝，隋炀帝开通大运河，下令河的两岸都要种植柳树。因为隋朝的国姓是杨，所以后世人常称柳树为“杨柳”。

## 春天为什么柳絮满天飞?

其实，只有柳树的雌株才会产生飞絮，它是树的种子和衍(yǎn)生物。为了繁衍下一代，飞絮就以风为媒介，漫天飞舞，传播花粉。

## 名人吟咏杨花的诗句

李白：杨花落尽子规啼，闻道龙标过五溪。

王安国：不肯画堂朱户，春风自在杨花。

晏(yàn)殊：春风不解禁杨花，濛濛乱扑行人面。

苏轼：细看来，不是杨花，点点是离人泪。

左边分别是明熹宗、陶渊明和尧帝，判断一下他们谁会称柳树为『杨柳』。

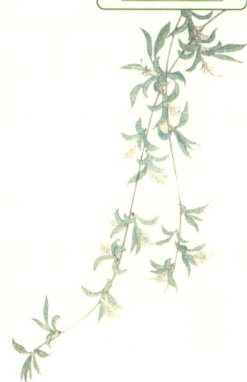

# 答案

P7

P11

P15

P19

P23

P27

P31

P35

P39

P43

P47

P51

千树万树梨花开；
羞见梨花飞；
梨花一枝春带雨。
P55

P59

P63

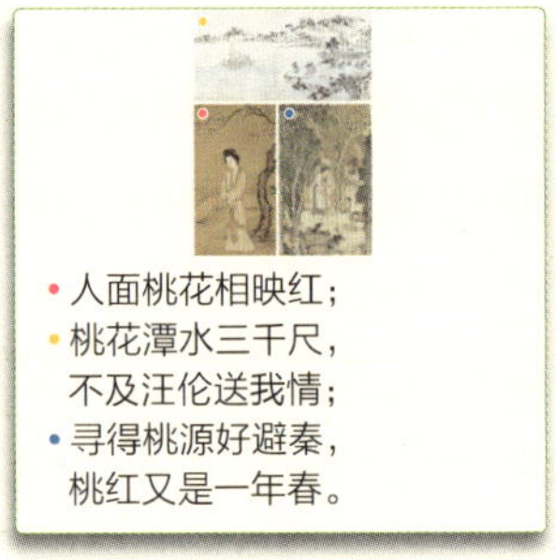
人面桃花相映红；
桃花潭水三千尺，
不及汪伦送我情；
寻得桃源好避秦，
桃红又是一年春。
P67

P71

P75

P79

P83

P87

P91

P95

# 古诗词里的博物学

## 山水绵绵

李山 主编

中国水利水电出版社
www.waterpub.com.cn
·北京·

**内 容 提 要**

《古诗词里的博物学》系列共四册，各册为《虫鸟啾啾》《草木蓁蓁》《山水绵绵》《童趣盈盈》，分别以动物、花草、山水、游戏为主题，并做相关的知识延伸，介绍各种动物的习性、花草的历史、山水古迹的文化以及传统的娱乐形式，文后设置了生动有趣的游戏互动版块，配有精美的名家古画，让孩子在感受古诗词魅力的同时，爱上古诗词，开阔眼界，了解传统文化知识和有趣的冷知识，提高对文化艺术的审美和鉴赏能力。

**图书在版编目（CIP）数据**

古诗词里的博物学. 山水绵绵 / 李山主编. -- 北京：中国水利水电出版社，2022.1（2022.10 重印）
ISBN 978-7-5226-0325-4

Ⅰ. ①古… Ⅱ. ①李… Ⅲ. ①古典诗歌－诗歌欣赏－中国－少儿读物②山－中国－少儿读物③水－中国－少儿读物 Ⅳ. ①I207.2-49②K928.3-49③K928.4-49

中国版本图书馆CIP数据核字(2021)第262869号

| | |
|---|---|
| 书　名 | 古诗词里的博物学（全四册）<br>GUSHICI LI DE BOWUXUE（QUAN SI CE） |
| 作　者 | 李山　主编 |
| 出版发行 | 中国水利水电出版社<br>（北京市海淀区玉渊潭南路1号D座　100038）<br>网址：www.waterpub.com.cn<br>E-mail：sales@mwr.gov.cn<br>电话：（010）68545888（营销中心） |
| 经　售 | 北京科水图书销售有限公司<br>电话：（010）68545874、63202643<br>全国各地新华书店和相关出版物销售网点 |
| 排　版 | 北京水利万物传媒有限公司 |
| 印　刷 | 天津旭非印刷有限公司 |
| 规　格 | 260mm×250mm　12开本　31.5印张（总）　149千字（总） |
| 版　次 | 2022年1月第1版　2022年10月第2次印刷 |
| 定　价 | 198.00元（全四册） |

# 目录

# 早发白帝城

［唐］李白

朝辞白帝彩云间，千里江陵一日还。

两岸猿声啼不住，轻舟已过万重(chóng)山。

注释

**发：**启程。 **朝：**早晨。 **辞：**告别。 **彩云间：**白帝城在白帝山上，山势高耸入云。 **江陵：**在今湖北省荆州市。 **还：**返回。 **啼：**鸣叫。 **万重山：**指层层叠叠的山峰。

韵解

清晨告别耸入云间的白帝城，远在千里的江陵一日能返还。

两岸的猿猴在耳边不停叫唤，不知不觉小舟已过万重山峦。

## 白帝城在哪儿?

白帝城位于重庆市奉节县白帝镇白帝村1号社，地处白帝山上，东望夔(kuí)门，南与白盐山隔江相望，西临奉节县城，北倚鸡公山。

## 白帝是谁?

白帝城原名子阳城。西汉末年公孙述占据蜀地，在山上筑城，城内古井中有龙形白雾升腾，公孙述以为是“白龙献瑞”的吉兆，自称“白帝”。公孙述死后，当地人在山上建庙立公孙述像，称为白帝庙。

## 白帝城托孤

明代的罗贯中在《三国演义》中，写刘备为了给义弟关羽报仇，出兵讨伐东吴，兵败后退守白帝城。刘备一病不起，便召诸葛亮等人托孤，让其辅佐儿子刘禅(chán)，并对诸葛亮说:“若阿斗是当皇帝的料子，就辅佐他；若不是，你可以取而代之。”诸葛亮听后大哭，表示定当尽忠竭力，辅佐刘禅。

## “诗城”的美名

白帝城素来有“诗城”的美名，李白、杜甫、白居易、刘禹锡、苏轼、黄庭坚、范成大、陆游等诗词名家都曾在白帝城留下诗篇。仅诗圣杜甫，在奉节的两年间就写了400多首诗。

猜猜左边哪个人跟《早发白帝城》诗人的心情一样。

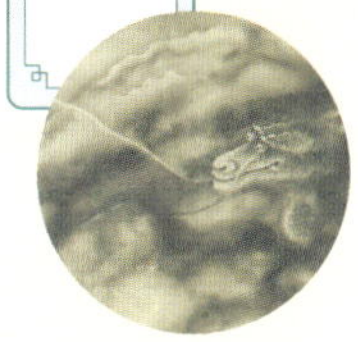

# 凉州词二首·其一

［唐］王之涣

黄河远上白云间，一片孤城万仞山。
羌(qiāng)笛何须怨杨柳，春风不度玉门关。

**注释**

**凉州词**：为曲子《凉州》配的唱词。 **远上**：远远望去。 **仞**：古代长度单位，一仞相当于七八尺。 **羌笛**：横吹式管乐器。 **杨柳**：指《杨柳曲》，表达离别伤感之意。 **度**：吹过。 **玉门关**：汉武帝所置关隘。

**韵解**

远远望见黄河奔腾在白云间，一座孤城耸立在万仞高的山峦。
羌笛何必吹曲表达伤感埋怨，只是春风也无力吹过玉门边关。

## 玉门关名字的由来

西汉时期，汉武帝为开通西域道路，设置河西四郡，该关口因是西域输入玉石时的必经之路而得名。

## 几次移址

玉门关旧址在今甘肃敦煌西北。隋唐时，关址由敦煌西北迁至敦煌以东的瓜州晋昌县境内。到了宋代，玉门关被废除。

## 为什么说“春风不度玉门关”？

这里的“春风”实际上指的是夏季风，即从海洋吹来的暖湿的偏南气流。

玉门关西面有帕米尔高原，北面有蒙古高原，南面有青藏高原，东南面有贺兰山脉，四周的高大山脉阻挡了暖湿气流的进入，导致玉门关气候常年干燥、降雨量少，如荒漠一般。

判断一下左边哪种活动有可能在玉门关附近进行。

# 望庐山瀑布二首·其二

[唐]李白

日照香炉生紫烟，遥看瀑布挂前川。
飞流直下三千尺，疑是银河落九天。

注释

**庐山**：在今江西省九江市庐山市境内。 **香炉**：香炉峰。 **紫烟**：指日光像紫色的烟云。 **三千尺**：夸张的说法，形容山高。 **九天**：九重天，形容极高。

韵解

在阳光照耀下香炉峰紫烟袅(niǎo)袅，双目远眺见瀑布像长河悬吊。水流奔腾而下仿佛有几千尺高，恍惚觉得是九天银河往下掉。

## 李白“望”的是庐山的哪个瀑布？

庐山以雄、奇、险、秀闻名于世，素有“匡庐奇秀，甲天下山”之誉。

庐山有171座山峰，瀑布22处，最著名的是三叠泉瀑布，古人称“匡庐瀑布，首推三叠”，被誉为“庐山第一奇观”。

李白这首《望庐山瀑布》中描写的就是三叠泉瀑布。

## 庐山的别名

匡岭、匡岳、匡阜、匡俗山、南障山、康庐、匡山、匡庐。

## 与庐山有关的古代名人

慧远：东晋高僧，入庐山东林寺居住，创立净土宗。

陶渊明：东晋诗人，据说以庐山康王谷为原型，写下了《桃花源记》。

白居易：唐代诗人，在庐山筑“庐山草堂”，著有《庐山草堂记》。

吕洞宾：道家祖师，相传在庐山仙人洞修仙而居。

周敦颐(yí)：北宋儒学家，在庐山写下著名的《爱莲说》，现庐山有景点爱莲池。

判断一下诗人有可能在左边哪幅图中。

# 枫桥夜泊

［唐］张继

月落乌啼霜满天，江枫渔火对愁眠。

姑苏城外寒山寺，夜半钟声到客船。

注释

**枫桥**：在今江苏省苏州市虎丘区枫桥街道阊门外。 **夜泊**：夜间停泊。

**乌啼**：乌鸦啼叫。 **江枫**：江边的枫树。 **渔火**：渔船上的灯火。

**姑苏**：苏州的别称。 **寒山寺**：位于今天的苏州市姑苏区。

**夜半钟声**：苏州和邻近地区的佛寺，有打半夜钟的风俗。

韵解

月亮落下，乌鸦啼叫霜雾满天；静坐船中，枫树渔火伴我入眠。

姑苏城外，寒山古寺寂静无声；夜半时分，洪亮钟声传到客船。

## 寒山寺的名称变化

南朝：梁武帝天监年间初建，名“妙利普明塔院”。

唐代：贞观年间，名僧寒山、希迁两位高僧创建寒山寺。

南宋：称枫桥寺。

## “姑苏”的来源

苏州在古代称“姑苏”。相传夏朝有个叫胥（xū）的人，帮助大禹治水有功，被封在吴地，从此吴地有了“姑胥”之称。“姑”是古越语的拟声词，无实际意义。周朝以仁政治理天下，“胥”有“狱卒”之意，人们认为不祥，“苏”又与“胥”发音相近，因此有了“姑苏”的名称。

## 夜半钟声从哪里来？

从南朝梁武帝时期开始，寺院里每天都要撞钟。钟分两种：一种是佛堂里体型较小的唤钟，用来召集和通知僧众；另一种是钟楼上体型较大的梵钟，每天早晚撞击两次，每次撞 108 下。至于为什么要撞 108 下，有一种说法认为，人生有 108 种烦恼，撞 108 下钟，108 种烦恼就会随之消失。

判断左边哪一个意象是《枫桥夜泊》诗中没有的。

# 独坐敬亭山

［唐］李白

众鸟高飞尽，孤云独去闲。

相看两不厌，只有敬亭山。

注释

**敬亭山：**在今安徽省宣城市北。**尽：**没有了。**独去闲：**独自飘浮。
**两：**指诗人和敬亭山。 **厌：**嫌弃。

韵解

众鸟高飞无影无踪，白云悠闲独自飘零。
只有眼前敬亭山峰，对看没有嫌弃之情。

## 敬亭山名称的由来

敬亭山原名昭亭山，晋朝建立后，为避讳晋文帝司马昭，改称敬亭山。

## 敬亭山的魅力

李白一生中曾七次登上敬亭山，那么，敬亭山有什么魅力会让大诗人李白多次登临呢？

• 偶像的力量

李白非常推崇南齐山水诗人谢朓（tiǎo）。谢朓做过宣城太守，也作过许多吟咏敬亭山的诗，还在当地建了“谢朓楼”，这吸引了李白到宣城游历，登临敬亭山。

• 杜鹃花海

敬亭山上长满了杜鹃花，每年三月份，杜鹃开放，宛如花海。

• 清香茶园

游山、作诗、饮酒、品茗，是李白的爱好，敬亭山下种植了大量茶叶，这就是后来独一无二的敬亭绿雪茶。

• 玉真公主

玉真公主李持盈是唐玄宗李隆基的胞妹，年轻的时候做了女道士，李白一生好道，与修道的玉真公主算是同道中人。后来玉真公主在敬亭山修道，所以李白几次登上敬亭山。

敬亭山属于黄山支脉，黄山有五绝：奇松、怪石、云海、温泉、冬雪。判断左边哪座是黄山。

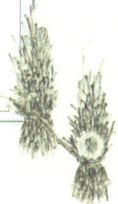

# 咏华山

[北宋] 寇(kòu)准

只有天在上，更无山与齐。

举头红日近，回首白云低。

**注释**

**华山：**在今陕西省渭南市华阴市。

**与齐：**和它一样高。 **红日：**太阳。

**韵解**

华山之巅就是青天，没有山峰与它比肩。

抬头红日并没多远，回首白云低如眼前。

## 自古华山一条路

唐朝之前，并没有通向华山峰顶的道路。唐朝道教兴盛，道徒们开始在华山隐居并建立道观，逐渐在北坡沿溪谷而上开凿了一条险道，这就是人们所说的“自古华山一条路”。

## 华山论剑

华山论剑是金庸先生所著的《射雕英雄传》和《神雕侠侣》中的情节，各大武林高手在华山峰顶比武，争夺天下第一。之所以选在华山，大概是因为华山素有“奇险天下第一山”的说法，在这里较量，更能显出武艺高超。

## 华山的别称

西岳、太华山。

## 陈抟(tuán)老祖

陈抟是古代的道士，活动于唐末宋初之际，宋太宗赐号“希夷先生”，常游历于华山、武当山之间，后在华山隐居 40 多年，于华山张超谷去世，享年 118 岁，人称“陈抟老祖”。

判断左边哪个人喜欢在华山隐居。

# 望岳

［唐］杜甫

岱(dài)宗夫如何？齐鲁青未了。
造化钟神秀，阴阳割昏晓。
荡胸生层云，决眦(zì)入归鸟。
会当凌绝顶，一览众山小。

**注释**

**岱宗：**泰山的别称。 **夫：**语气词，无实际意义。 **如何：**怎么样。 **齐鲁：**代指山东地区。 **青未了：**郁郁苍苍，无边无际。 **造化：**大自然。 **钟：**聚集。 **神秀：**天地灵气，神奇秀美。 **阴阳：**山之南为阳，山之北为阴。 **割昏晓：**分隔黄昏和早晨，指山南山北判若早晨和晚上。 **荡胸：**心胸摇荡。 **曾：**同“层”，重叠。 **决眦：**眼眶几乎要裂开，这里指睁大眼睛看归鸟。 **会当：**终当，定要。 **凌绝顶：**登上最高峰。

**韵解**

岱宗泰山怎么样？齐鲁大地郁郁苍苍。神奇聚集美好景象，山南山北分隔黄昏和早上。

白云让胸中涤荡，归鸟翩飞映入眼眶。定要攀登到峰顶上，俯瞰山下众多渺小的山冈。

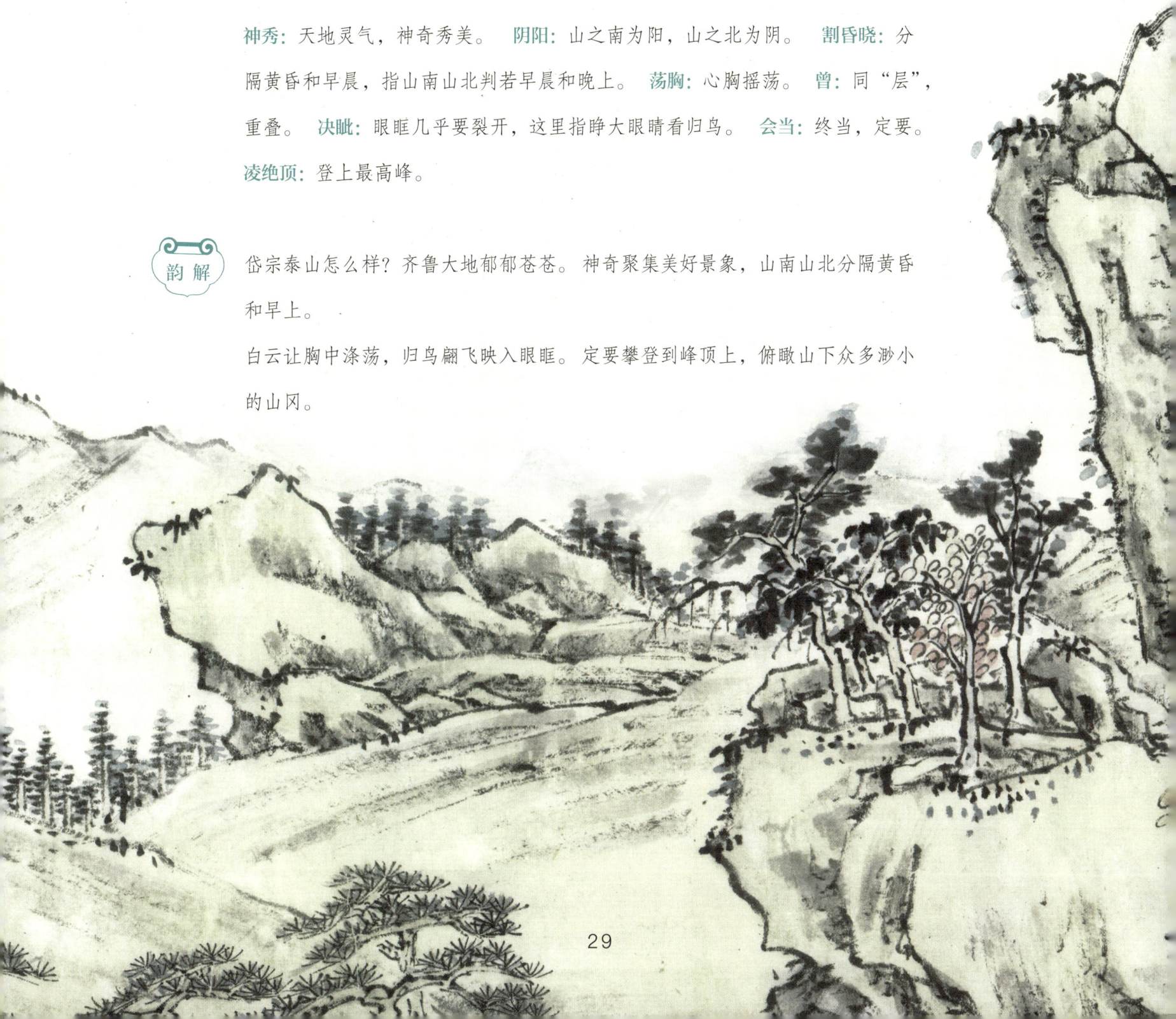

## 泰山封禅(shàn)

封禅是中国古代帝王在太平盛世或天降祥瑞之时祭祀天地的大型典礼，封是“祭天”，禅是“祭地”，一般由帝王亲自到泰山上举行，报告帝王的政绩。宋真宗之后，帝王来泰山只举行祭祀仪式，不再进行封禅。

## 泰山石

泰山石产于泰山周边的溪流山谷。民间有泰山石能避邪、镇宅等传说，因此有的地方住宅上还写有“泰山石敢当”的字样。

古代著名宫殿，如天贶(kuàng)殿、大成殿、金銮(luán)殿，都是用泰山石来铺垫的，取“稳如泰山”的寓意。

## 泰山的别称

岱山、岱宗、岱岳、东岳、泰岳。

## 泰山四大奇观

泰山日出、云海玉盘、晚霞夕照、黄河金带。

左边从左至右分别是唐太宗、宋太宗和道光帝，判断谁没有在泰山封禅过。

# 终南山

［唐］王维

太乙近天都，连山接海隅(yú)。

白云回望合，青霭(ǎi)入看无。

分野中峰变，阴晴众壑(hè)殊。

欲投人处宿，隔水问樵夫。

注释

**终南山**：位于陕西省境内秦岭山脉中段。 **太乙**：终南山别名。 **天都**：传说天帝居所，这里指都城长安。 **海隅**：海边。 **青霭**：山中的雾气。 **分野**：古人以天上二十八星宿的位置来区分地域，即分野。 **壑**：山谷。 **殊**：指众山谷的天气各有不同。 **人处**：有人烟处。

韵解

巍峨的终南山接近长安，连绵不绝的山峦到海边。

山下的白云滚滚连成片，朦胧雾气入山消失不见。

中峰两侧不同星宿分管，山谷的天气阴晴大变换。

想在山中找人家住一晚，隔着水问樵夫哪里方便。

## 终南捷径

唐中宗时期有个叫卢藏用的书生，为了提高自己的名望，就去终南山隐居，后来果然如愿做官。而他的好友道士司马承祯(zhēn)则淡泊名利，隐居不出。后来二人相见，卢藏用说：“终南山的确其乐无穷啊。”司马承祯坦然一笑：“的确，终南山是做官的捷径。”此后，“终南捷径”便比喻古代文人出仕做官的便捷途径。

## “寿比南山”是什么山？

《诗经》中写：“如南山之寿，不骞(qiān)不崩。”意思是像南山一样长寿，永不山崩。南宋大儒朱熹曾注释：“南山，终南山也。”

## 终南山的别称

太乙山、地肺山、中南山、周南山、太白山、太一山。

## 曾在终南山隐居的古代名人

姜子牙：西周开国元勋。

商山四皓(hào)：秦末汉初著名隐士。

鸠摩罗什(jiū mó luó shí)：东晋时期后秦高僧。

孙思邈(miǎo)：唐代名医，被称为“药王”。

王维：唐代诗人，被称为“诗佛”。

王重阳：宋代道教全真道的创始人。

判断左边哪个人是真心想在终南山隐居的。

guàn

# 登鹳雀楼

［唐］王之涣

白日依山尽，黄河入海流。

欲穷千里目，更上一层楼。

注释

**鹳雀楼**：旧址在今山西省永济市。 **白日**：太阳。 **依**：依傍。 **尽**：消失。 **欲**：希望、想要。 **穷**：尽。 **千里目**：眼界宽阔。 **更**：再。

韵解

夕阳落到山下头，黄河朝着大海流。

想多看到好风景，还得再上一层楼。

難淂浮生等水鷗每逢佳處便句留江山若大容何許只着詩人一葉舟昔居士耶

## 鹳雀楼名字的由来

鹳雀楼，又名鹳鹊楼，始建于北周时期，由北周大将军宇文护所建，因时有鹳雀栖息其上而得名。

## 被毁和重修

金代元光元年，即1222年，鹳雀楼遭大火焚毁。1997年，鹳雀楼重修，在油漆彩画设计方面，采用了国内久经失传的唐代彩画艺术，鹳雀楼也是唯一采用唐代彩画艺术恢复的唐代建筑。

## 与鹳雀楼有关的诗

鹳雀楼自建立之后，各朝许多文人都会登临作诗，除本诗外，比较出色的有李益和畅当的诗。

《同崔邠(bīn)登鹳雀楼》

［唐］李益

鹳雀楼西百尺樯，汀(tīng)洲云树共茫茫。

汉家箫鼓空流水，魏国山河半夕阳。

事去千年犹恨速，愁来一日即为长。

风烟并起思归望，远目非春亦自伤。

《题鹳雀楼》

［唐］畅当

迥(jiǒng)临飞鸟上，高出世尘间。

天势围平野，河流入断山。

判断左边哪个人跟王之涣观景的姿势相像。

# 望洞庭

［唐］刘禹锡

湖光秋月两相和，潭面无风镜未磨。
遥望洞庭山水翠，白银盘里一青螺(luó)。

注释

**洞庭：** 湖名，在今湖南省北部。 **和：** 指水色与月光交相辉映。

**镜未磨：** 湖面无风，水平如镜。 **白银盘：** 形容洞庭湖面平静清澈。

**青螺：** 这里指洞庭湖中的君山。

韵解

洞庭湖上月光和水色相融合，湖面平静好似铜镜未打磨。

远远望去青山绿水苍翠如墨，如银白盘中装着一枚青螺。

## 洞庭湖的别称

云梦、云梦泽、九江、五渚、五湖、三湖、重湖。

## 湖中湖

莲湖本是洞庭湖的一个港汊(chà)，经过多年的围垦治理，成为“湖中之湖”。莲湖有“千里荷花荡”的美誉，盛产莲子，名曰“湘莲”，是莲中珍品。

## 湘妃竹

上古时期，尧(yáo)帝把皇位禅让给了舜(shùn)，同时，把自己的两个女儿娥皇和女英嫁给了舜。舜即位后为了除去湘江里的九条恶龙而离家，娥皇、女英非常想念舜，便去寻找。二人乘船经过洞庭湖时，被大风阻隔到洞庭湖中的小岛君山上，她们在此得知了舜去世的消息，顿时泪如雨下，泪水滴在竹子上，形成点点泪斑，后人称为“湘妃竹”。

判断左边图中哪个有可能是湘妃。

# 黄鹤楼

［唐］崔颢(hào)

昔人已乘黄鹤去，此地空余黄鹤楼。

黄鹤一去不复返，白云千载空悠悠。

晴川历历汉阳树，芳草萋萋鹦鹉洲。

日暮乡关何处是？烟波江上使人愁。

注释

**黄鹤楼：**故址在今湖北省武汉市武昌区。**昔人：**传说古代有一位名叫费文袆（yī）的仙人，在此乘鹤登仙。**空：**只。**晴川：**晴日的原野。**历历：**清楚可数。**汉阳：**地名，在黄鹤楼之西，汉水北岸。**萋萋：**形容草木茂盛。**鹦鹉洲：**在湖北省武汉市武昌区西南。**乡关：**故乡。

韵解

昔日的仙人已驾鹤飞走，眼前只剩下空荡荡的黄鹤楼。
黄鹤一去再也没有返回，千百年来只有白云飘飘悠悠。
阳光下的汉阳树很明秀，能看清茂盛芳草长在鹦鹉洲。
暮色升起我的家乡在哪？江上烟波渺渺真是惹人发愁。

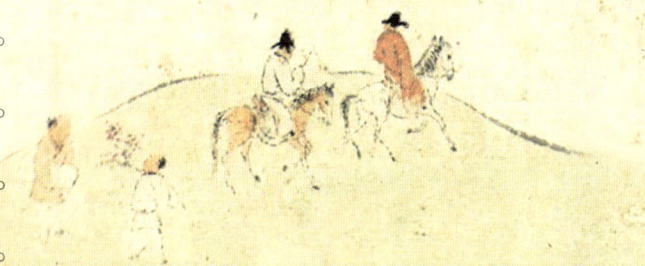

## 黄鹤楼的地位

黄鹤楼与晴川阁、古琴台并称为“武汉三大名胜”，与湖南岳阳的岳阳楼、江西南昌的滕王阁并称为“江南三大名楼”。

## 黄鹤楼的来历

据传，黄鹤楼原名“辛氏楼”，即一姓辛的人开的酒楼。一天，来了一位衣衫褴褛(lán lǚ)的道士，辛氏并未因其付不起酒钱而怠慢，日日以美酒相待。道士感念其慷慨，用橘子皮在墙上画了一只鹤就走了。因为橘皮是黄色的，因此鹤也呈黄色。多年之后，道士再次来喝酒，吹笛奏曲，墙上的黄鹤飞下，道士随即驾鹤飞走了。为了纪念这个道士，后人便称辛氏楼为“黄鹤楼”了。

## 黄鹤楼的古代“代言人”

孙权：三国时东吴国主，在黄鹄(hú)矶建军事楼，用于瞭望守戍，即黄鹤楼。

祖冲之：南北朝数学家，撰写的《述异记》中写有人在黄鹤楼遇见仙人驾鹤并与之交谈的故事。

崔颢：唐朝诗人，一首《黄鹤楼》使黄鹤楼名声大噪。

李白：唐朝诗人，有《送孟浩然之广陵》的黄鹤楼相关诗和搁笔典故。

乾隆帝：清高宗，为黄鹤楼题“江汉仙踪”四字横匾，后又御制诗碑置于黄鹤楼中。

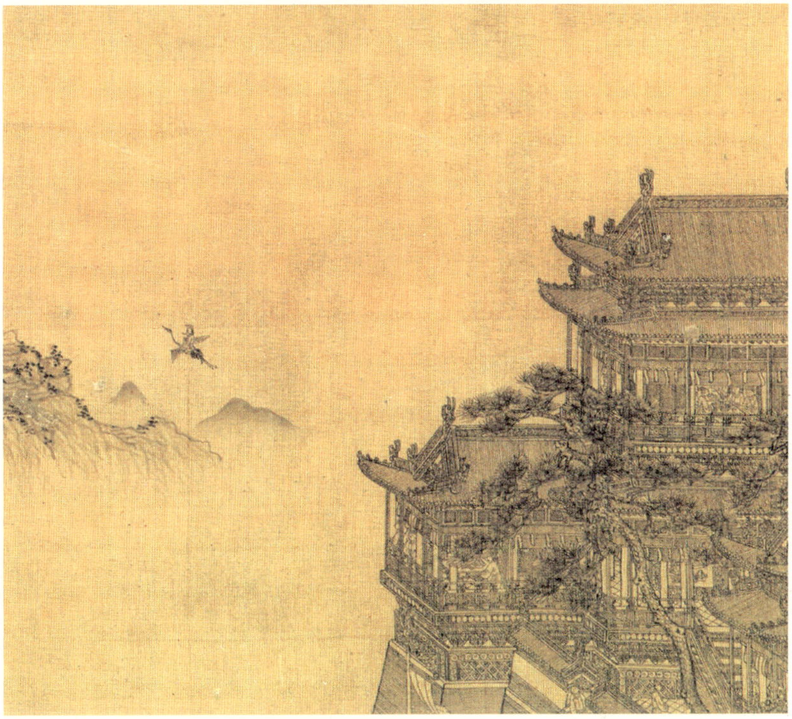

判断左边哪个有可能是黄鹤楼。

# 登金陵凤凰台

［唐］李白

凤凰台上凤凰游，凤去台空江自流。
吴宫花草埋幽径，晋代衣冠成古丘。
三山半落青天外，二水中分白鹭洲。
总为浮云能蔽日，长安不见使人愁。

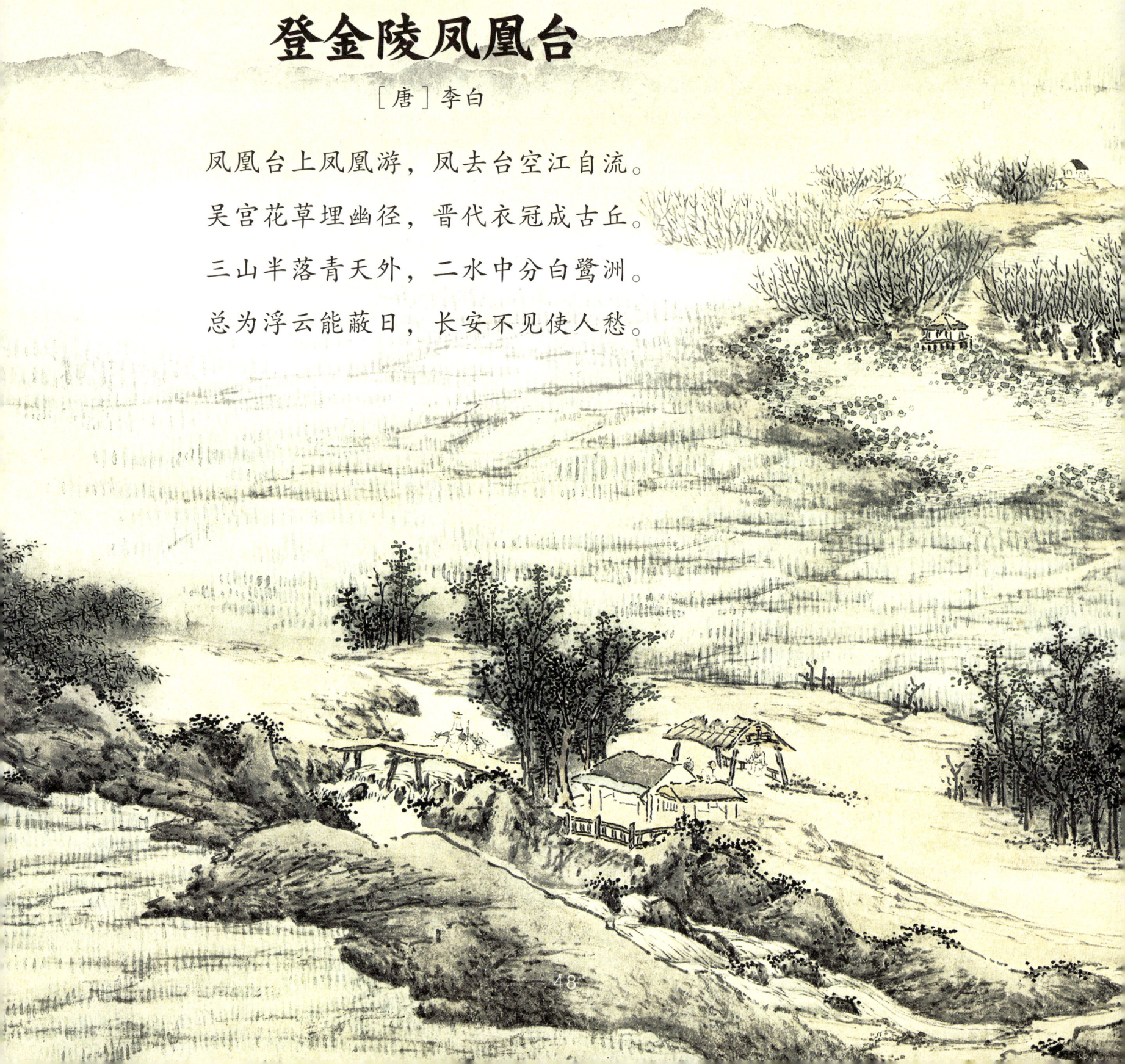

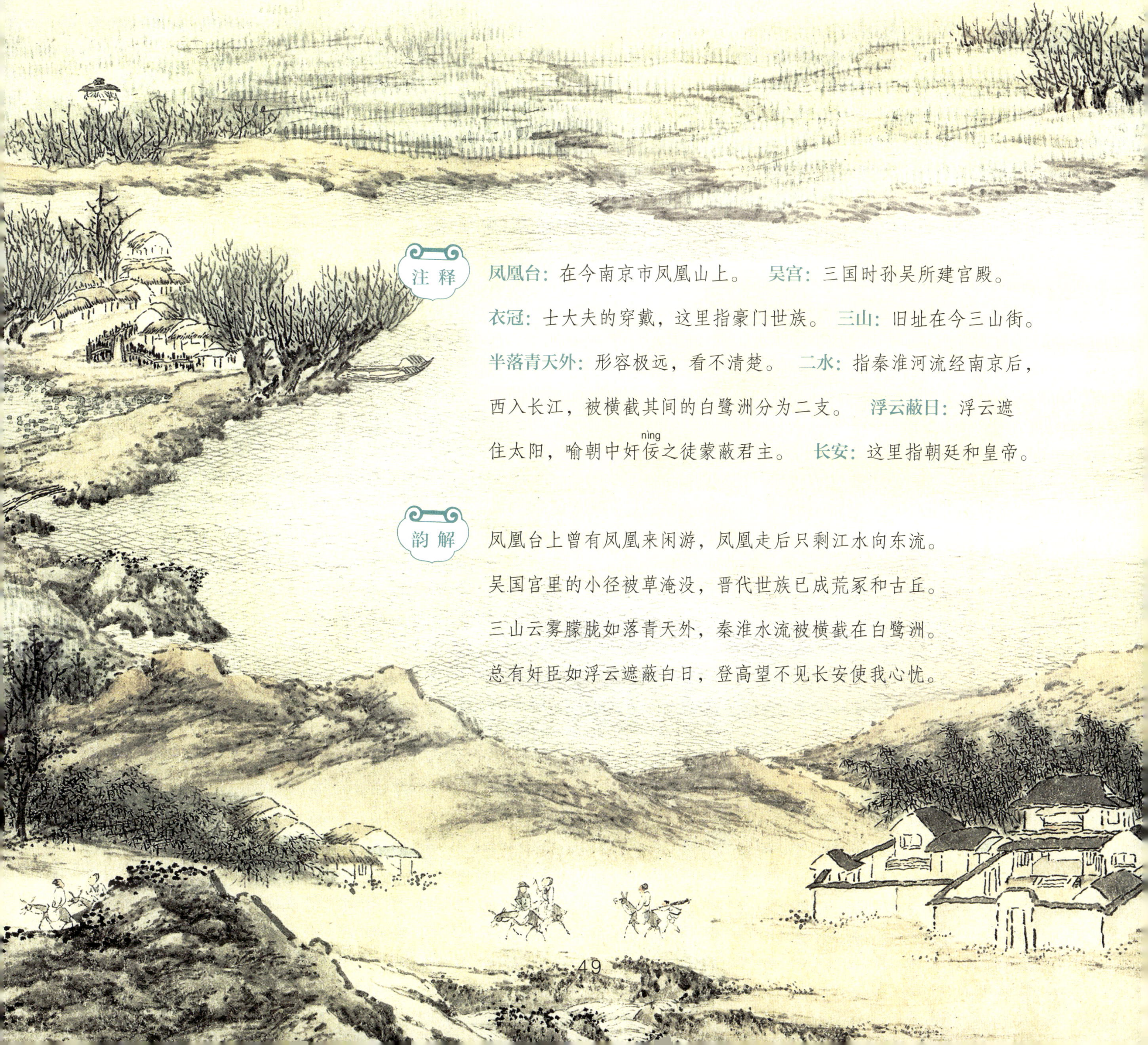

注释

**凤凰台：**在今南京市凤凰山上。　**吴宫：**三国时孙吴所建宫殿。　**衣冠：**士大夫的穿戴，这里指豪门世族。　**三山：**旧址在今三山街。　**半落青天外：**形容极远，看不清楚。　**二水：**指秦淮河流经南京后，西入长江，被横截其间的白鹭洲分为二支。　**浮云蔽日：**浮云遮住太阳，喻朝中奸佞（nìng）之徒蒙蔽君主。　**长安：**这里指朝廷和皇帝。

韵解

凤凰台上曾有凤凰来闲游，凤凰走后只剩江水向东流。
吴国宫里的小径被草淹没，晋代世族已成荒冢和古丘。
三山云雾朦胧如落青天外，秦淮水流被横截在白鹭洲。
总有奸臣如浮云遮蔽白日，登高望不见长安使我心忧。

## 百鸟朝凤

南朝宋文帝年间，有三只五彩鸟儿飞到都城建康（今南京市）永昌里的贵族花园中，吸引了成百上千的鸟儿跟随。人们认为这三只鸟就是凤凰，群鸟跟随的景象就是传说中的“百鸟朝凤”。负责管辖建康的彭城王刘义康下令将永昌里改名为凤凰里，又在保宁寺后山上建立楼台纪念，取名凤凰台，该山取名为凤凰山。

## 凤凰台附近有什么

杏花村：据说杜牧的名句“借问酒家何处有，牧童遥指杏花村”中的杏花村就在附近。

衣冠冢（zhǒng）：竹林七贤之一的阮籍和晋代文学家郭璞（pú）的衣冠冢都在附近。

## 本诗是怎么来的?

据传，李白曾登临黄鹤楼，诗兴大发，刚拿起笔来，就看到了崔颢的《黄鹤楼》一诗，不觉钦佩赞叹，一时感慨写道：

一拳捶碎黄鹤楼，一脚踢翻鹦鹉洲。眼前有景道不得，崔颢题诗在上头。

写完，李白便搁笔不写了。这就是李白搁笔的故事，后人为纪念此事，在黄鹤楼东侧，修建了李白搁笔亭。从此，黄鹤楼的名气更大了，李白也仿照崔颢的《黄鹤楼》，写下了著名的《登金陵凤凰台》。

仔细观察左边三幅图，判断哪只是凤凰。

# 赤壁

[唐] 杜牧

折戟(jǐ)沉沙铁未销，自将磨洗认前朝。

东风不与周郎便，铜雀春深锁二乔。

**注释**

**戟：**古代兵器。 **销：**销蚀。 **将：**拿起。 **东风：**指火烧赤壁一事。 **周郎：**指周瑜。 **铜雀：**即铜雀台。 **二乔：**大乔和小乔，分别嫁给孙策和周瑜，合称“二乔”。

**韵解**

铁戟沉没在沙中还未销熔，磨光洗净后才知是当年赤壁之战所用。假使当年周瑜没借到东风，大乔小乔可能都被锁在铜雀台的宫中。

## 铜雀台的由来

三国时，曹操消灭袁氏兄弟后，夜宿邺(yè)城（今河北省临漳县），半夜见到地面升起一道金光，第二天在金光处挖到一只铜雀，认为是吉兆，遂决定在漳水之上建立楼台以作纪念，名为铜雀台。

## 邺城三台

曹操不止建立了铜雀台，还有金凤台、冰井台，合称“邺城三台”。

## 邺下文人集团

铜雀台建立之后，曹操经常邀请当时的文学家畅游铜雀台并宴饮赋诗。最著名的就是曹氏父子（曹操、曹丕(pī)、曹植）和建安七子（孔融、陈琳、王粲(càn)、徐干、阮瑀(ruǎn yǔ)、应玚(yáng)、刘桢(zhēn)），还有从匈奴归汉的才女蔡文姬。这些围绕在曹操周围的文人，被称为“邺下文人集团”。

## 邺下文人的代表作

曹操：《步出夏门行》《短歌行》。

王粲：《初征》。

曹丕：《典论》《燕歌行》。

曹植：《洛神赋》《登台赋》。

蔡文姬：《悲愤诗》《胡笳(jiā)十八拍》。

判断左边哪种活动不可能在铜雀台上发生。

# 乌衣巷

［唐］刘禹锡

朱雀桥边野草花，乌衣巷口夕阳斜。

旧时王谢堂前燕，飞入寻常百姓家。

注释

**乌衣巷：**南京城内街名。 **朱雀桥：**六朝时金陵正南朱雀门外横跨秦淮河的大桥。 **王谢：**王导、谢安，东晋世家大族。 **寻常：**平常。

韵解

朱雀桥边长满丛丛野草和野花，乌衣巷口的残垣(yuán)映照在夕阳下。

昔日燕子在王谢贵族堂前筑巢，如今都已飞入寻常平民百姓家。

## 乌衣巷名字的由来

乌衣巷是晋代王谢两家豪门大族的宅第，两族子弟都喜欢穿乌衣以彰身份尊贵，因此得名。

## “王谢”贵族的名人举例

王谢是六朝望族琅琊（láng yá）王氏与陈郡谢氏的合称，后成为显赫世家大族的代名词，合称“王谢”。

**琅琊王氏的名人举例**

王导：东晋开国元勋。

王旷：东晋书法家，王导的堂弟，王羲之的父亲。

王羲之：东晋书法家，世称“书圣”。

王献之：王羲之第七子，与王羲之并称“二王”，世称“小圣”。

**陈郡谢氏的名人举例**

谢安：东晋政治家。

谢玄：东晋名将。

谢灵运：南北朝文学家，母为王羲之的外孙女刘氏，山水诗派鼻祖，世称“大谢”。

谢朓：南齐诗人，与谢灵运同族，世称“小谢”。

左边图中的主人公分别是谢灵运和王羲之，说说两个人之间的关系和见面时对彼此的称呼。

# 泊秦淮

［唐］杜牧

烟笼寒水月笼沙，夜泊秦淮近酒家。

商女不知亡国恨，隔江犹唱后庭花。

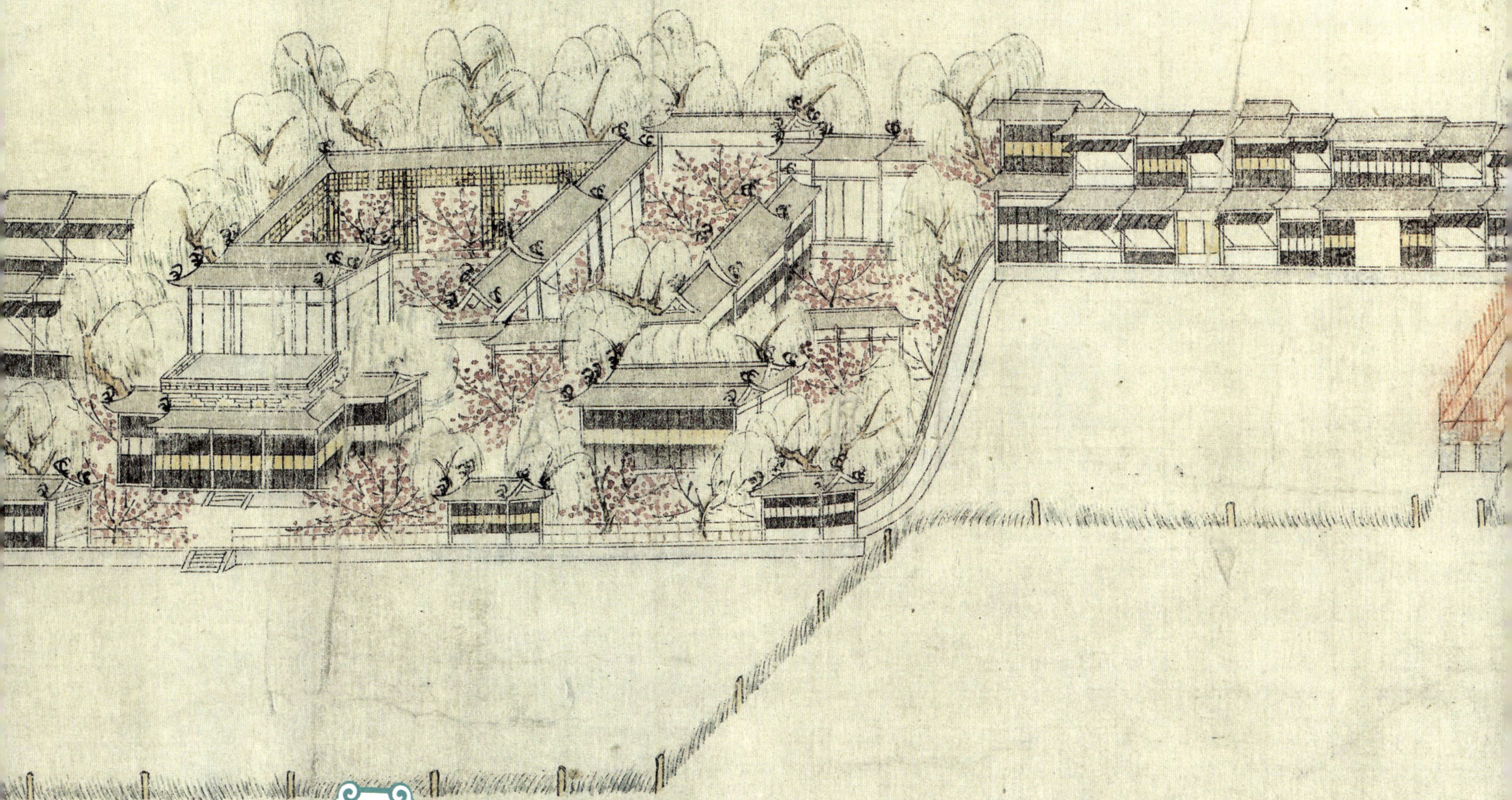

注释 **秦淮：**即南京夫子庙秦淮风光带。 **泊：**停泊。 **商女：**以卖唱为生的歌女。 **犹：**还，仍然。 **后庭花：**歌曲《玉树后庭花》，南朝陈皇帝陈叔宝所作，后世称此曲为“亡国之音”。

韵解 朦胧月色和轻烟笼罩寒水白沙，夜晚泊船靠近秦淮河畔的酒家。卖唱歌女不懂什么叫亡国之恨，隔着江水仍然高唱玉树后庭花。

## 秦淮风光带

夫子庙是中国古代第一所国家最高学府，秦淮河是中国第一历史文化名河，明城墙是世界上规模最大的古代城垣，三者形成独具南京特色的文化风光带，也是中国最大的传统古街市。

## 秦淮八艳

“秦淮八艳”指的是明末清初南京秦淮河上的八个南曲名伎，又称“金陵八艳”。

柳如是：嫁与明朝大才子钱谦益，明末清初女诗人。

陈圆圆：吴三桂为其“冲冠一怒为红颜”。

李香君：孔尚任《桃花扇》中的女主人公，故居媚香楼。

董小宛：嫁与复社名士冒襄，发明了董肉和董糖。

卞(biàn)玉京：自号“玉京道人”，后隐居无锡惠山。

顾横波：嫁与诗人龚(gōng)鼎(dǐng)孳(zī)，受诰(gào)封为“一品夫人”。

马湘兰：绘画造诣高超，名作《墨兰图》。

寇白门：人称“女侠”，嫁给保国公朱国弼(bì)。

## 江南贡院

江南贡院又称南京贡院、建康贡院，是中国历史上规模最大、影响最广的科举考场。明清时期，有半数以上的官员出自江南贡院，被誉为“中国古代官员的摇篮”。

仔细观察左图，判断哪个可能是秦淮风景。

# 春夜喜雨

［唐］杜甫

好雨知时节，当春乃发生。

随风潜入夜，润物细无声。

野径云俱黑，江船火独明。

晓看红湿处，花重(zhòng)锦官城。

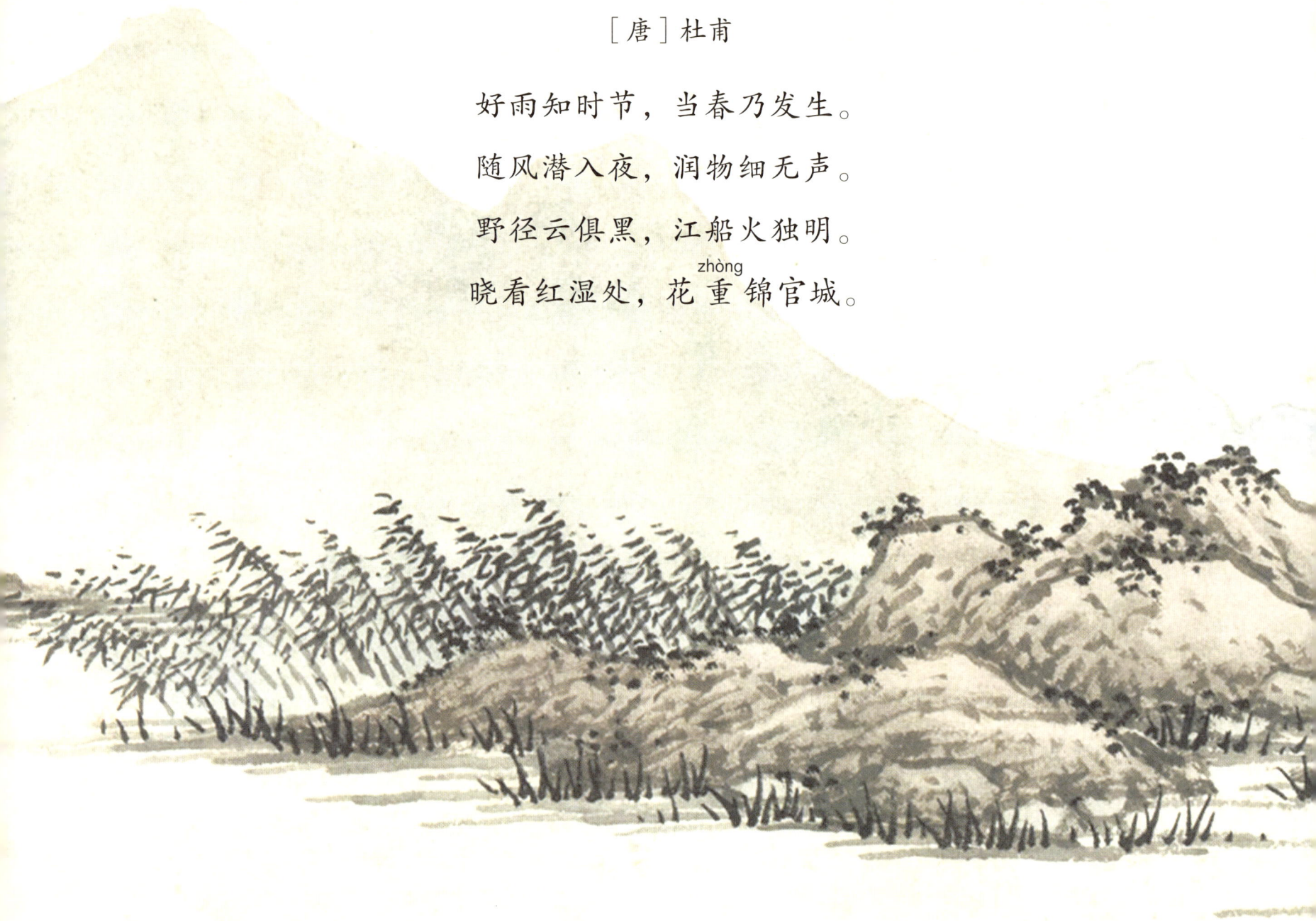

注释

**乃**：就。 **发生**：萌发生长。 **潜**：悄悄地。 **润物**：使植物受到雨水的滋养。

**野径**：田野间的小路。 **晓**：天刚亮。 **红湿处**：被雨水打湿的花丛。

**花重**：花因为饱含雨水而沉重。 **锦官城**：成都的别称。

韵解

好雨知道自己该降雨的节令，正好是在春天万物萌生。

夜晚悄悄随风形成细雨蒙蒙，滋润着万物无息又无声。

田间的小路黑茫茫看不太清，只有江上小船灯火通明。

天亮后去看被雨打湿的花丛，繁花盛开点缀了锦官城。

## 锦官城的来历

古代，成都是蜀锦的主要产地和集散地，朝廷设置了锦官的职位，来专门管理蜀锦的生产，成都也因此被称为“锦官城”。

## 成都的别称

蓉城、锦城、芙蓉城、锦官城、天府之国。

## 古代大都会——成都

蜀汉、成汉、前蜀、后蜀等政权先后在成都建立都城；汉代时，成都为全国五大都会之一；唐代都市中有“扬一益二”之说，“益”即指成都；北宋时期，成都是除汴京外的第二大都会，最早出现了世界上第一种纸币——交子。

## 锦官城里的名人

司马相如：西汉文学家。

卓文君：司马相如之妻，蜀中四大才女之一。

诸葛亮：蜀汉丞相，今成都有武侯祠作纪念。

杜甫：流寓成都时，曾在浣花溪畔修建茅屋，人称“杜甫草堂”。

薛涛：唐代乐伎，蜀中四大才女之一。

花蕊(ruǐ)夫人：后蜀皇帝孟昶(chǎng)的妃子，蜀中四大才女之一。

黄筌(quán)：五代时西蜀画院的宫廷画家。

杨慎：明代文学家，“明代三才子”之首。

判断左边哪幅图的发生地点在成都。

# 使至塞上

［唐］王维

单车欲问边，属国过居延。
征蓬出汉塞，归雁入胡天。
大漠孤烟直，长河落日圆。
萧关逢候骑，都护在燕然。

**注释**

**问边：**去边塞慰问戍守的士兵。 **属国：**依附朝廷的少数民族小国。 **居延：**地名，唐代称居延海，在今内蒙古额济纳旗北境。 **征蓬：**随风远飞的枯蓬。 **胡天：**胡人的领地。 **萧关：**又名陇山关，在今宁夏回族自治区固原东南。 **候骑：**负责侦察、通讯的骑兵。 **都护：**唐朝称驻军西北的长官为都护，这里指前敌统帅。 **燕然：**即今蒙古国杭爱山，这里代指前线。

**韵解**

轻车简从去慰问边关，路途跋涉已经过了居延。
蓬草随风已飘千里远，北归的大雁翱翔九重天。
浩瀚沙漠上孤烟直飞，黄河滔滔下落日变浑圆。
萧关偶遇骑士侦察员，直言相告统帅已在燕然。

## 世界鸣沙王国

巴丹吉林沙漠是中国八大沙漠之一，是阿拉善沙漠的主体，其中的必鲁图峰是世界最高沙峰。

巴丹吉林沙漠还是世界最高沙丘所在地，其中的鸣沙山更是被誉为“世界鸣沙王国”。

## 沙漠里的驼铃

骆驼是沙漠中商队的主要脚力，骆驼脖子下系的铃铛，称为驼铃。驼铃分两种：叮铃和咚铃。

叮铃拴在最后一匹骆驼上，声音清脆响亮，听到叮铃的声响，就说明骆驼没有丢失。咚铃主要固定在运送的货物上，声音沉闷有力，听到咚铃的声响，就说明骆驼身上所背的货物还在。

## 萧关

萧关是关中四大关隘之一，自战国、秦汉以来，萧关故道就是军事要地，也是古代丝绸之路的一部分。

猜猜在丝绸之路上，能看到左边哪种情景和动物。

# 闻官军收河南河北

［唐］杜甫

剑外忽传收蓟(jì)北，初闻涕泪满衣裳(cháng)。

却看妻子愁何在，漫卷(juǎn)诗书喜欲狂。

白日放歌须纵酒，青春作伴好还乡。

即从巴峡穿巫峡，便下襄阳向洛阳。

**注释**

**剑外：**剑门关以南，这里指四川省。 **蓟北：**今河北省北部，当时为叛军的根据地。 **涕：**眼泪。 **却看：**回头看。 **妻子：**妻子和孩子。 **漫卷：**胡乱卷起。 **须纵酒：**应当开怀痛饮。 **青春：**指明丽的春天的景色。 **巫峡：**长江三峡之一，因穿过巫山得名。 **便：**就。 **襄阳：**今湖北省襄阳市。**洛阳：**今河南省洛阳市。

**韵解**

剑门关外收复的消息在传扬，刚听到后激动的眼泪沾湿衣裳。
猛然回头看到妻儿没了忧伤，胡乱卷起诗书欢欣鼓舞若发狂。
阳光照耀下畅饮美酒和歌唱，明媚的春光伴我一起回到故乡。
即刻启程从巴峡穿过了巫峡，然后过了襄阳又直接奔赴洛阳。

## 诗人们的“巫峡诗”

卢照邻：巫山望不极，望望下朝雰(fēn)。

杨炯(jiǒng)：三峡七百里，惟言巫峡长。

刘禹锡：巫山巫峡杨柳多，朝云暮雨远相和。

元稹(zhěn)：曾经沧海难为水，除却巫山不是云。

陆游：十二巫山见九峰，船头彩翠满秋空。

## 神女峰

巫峡穿过的巫山，山峰秀丽多姿，以“巫山十二峰”著名，神女峰为十二峰之最，又名美人峰，远看如亭亭少女，相传为西王母之女瑶姬为帮助大禹治水化身为石。

## 游览过三峡及神女峰的古代名人

宋玉：写有《高唐赋》《神女赋》，虚构了一个楚王与神女幽会的故事。

郦道元：为作《水经注》而游览三峡，写有散文《三峡》。

苏辙：写诗吟咏过三峡，并著有《巫山赋》。

陆游：写有《入蜀记》，描写了神女峰的秀丽风光。

范成大：游记《吴船录》里描写过巫峡和神女峰的景色。

如果杜甫回家途中想登上神女峰，
他可以在左边哪幅图中停留？

# 送元二使安西

［唐］王维

渭城朝(zhāo)雨浥(yì)轻尘，客舍青青柳色新。

劝君更尽一杯酒，西出阳关无故人。

注释

元二：诗人的朋友，姓元，排行第二。使：出使。安西：指唐代安西都护府，治所在今新疆库车。渭城：即秦代咸阳古城。朝雨：早晨下的雨。浥：湿。客舍：驿馆。更尽：再喝完。阳关：在今甘肃省敦煌市西南古董滩附近。

韵解

渭城清晨的小雨打湿了路边灰尘，旅舍周围的杨柳颜色翠绿清新。

请你举起杯盏将离别的美酒畅饮，向西出了阳关后再难遇到故人。

## 阳关名字的由来

古人以山南水北为阳，阳关因坐落在玉门关之南而得名。

## 为什么“西出阳关无故人”？

阳关是古代丝绸之路上敦煌段的主要军事重地，是连接西域和连接欧亚的重要门户，出敦煌后必须走玉门关和阳关其中的一个关口，而出了阳关，则是荒无人烟的戈壁沙漠。

## 古董滩

阳关附近的古董滩因地面曾暴露出大量汉代文物，如铜箭头、古币、石磨、陶盅(zhōng)等各种器物而得名。当地人有“进了古董滩，空手不回还”之说。

## 唐僧的传说

相传，唐代高僧玄奘(zàng)取经是沿丝绸之路的北道（玉门关）去的天竺(zhú)，返回时则沿着南道（阳关）到达长安。在古阳关的沙漠中，有一块黑色的大石头，据说唐僧当年用此石晒过经书，故称“晒经石”。

左边三幅图的主人公分别是宋徽宗、王昭君和乾隆帝，判断谁的东西最有可能遗留在古董滩上。

# 登岳阳楼

［唐］杜甫

昔闻洞庭水，今上岳阳楼。
吴楚东南坼(chè)，乾坤日夜浮。
亲朋无一字，老病有孤舟。
戎(róng)马关山北，凭轩涕泗(sì)流。

**注释**

**岳阳楼：**在洞庭湖边上。 **坼：**分裂。 **乾坤：**指日月。 **字：**指书信。 **老病：**当时杜甫57岁，右耳失聪，患有风痹和肺病。 **戎马：**指战争。 **关山北：**北方边境。 **凭轩：**靠着窗户或廊上的栏杆。 **涕泗流：**眼泪和鼻涕流出，指哭泣。

**韵解**

从前听闻茫茫的洞庭湖泊，今日终于有幸登上岳阳楼阁。
广阔湖水将吴楚两地分隔，天地就像在日夜里荡漾漂泊。
亲朋好友的书信没有一封，只剩孤舟陪伴年老多病的我。
关山以北仍然是连天战火，此刻凭栏远望早已泪流成河。

## 岳阳楼的“名字变换史”

东汉末年：鲁肃始建“阅军楼”。

西晋时期：“阅军楼”被称为“巴陵城楼”。

东晋义熙年间以前：被毁无楼。

南朝宋元嘉年间：重修巴陵城楼；同年，颜延之路过作诗，开始出现“岳阳”二字。

唐开元年间：大臣张说扩建巴陵城楼，取名“南楼”，又名岳阳城楼。

中唐时期：李白赋诗后定名“岳阳楼”。

## “推广大使”范仲淹

北宋庆历年间，政治家滕宗谅被贬至岳州（今湖南省岳阳市一带），执政期间，他重修了岳阳楼，并请好友范仲淹为其作赋。范仲淹写下了天下奇文《岳阳楼记》。自此，岳阳楼名闻天下。

## 怀甫亭

怀甫亭是为纪念诗圣杜甫所建，位于岳阳楼下的临湖平台，亭中立有石碑，正面刻杜甫画像和《登岳阳楼》一诗，背面刻其生平事迹。

猜猜诗人“凭轩涕泗流”的原因可能跟左边哪种场景有关。

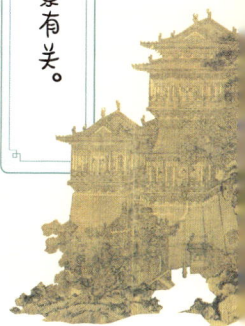

# 滕王阁诗

［唐］王勃

滕王高阁临江渚(zhǔ)，佩玉鸣鸾(luán)罢歌舞。
画栋朝飞南浦(pǔ)云，珠帘暮卷西山雨。
闲云潭影日悠悠，物换星移几度秋。
阁中帝子今何在？槛(jiàn)外长江空自流。

注释

**滕王阁：**故址在今江西省南昌市赣(gàn)江之滨。 **江：**指赣江。**渚：**江中小洲。 **佩玉鸣鸾：**身上佩戴的玉饰、响铃。 **画栋：**有彩绘的栋梁楼阁。 **南浦：**在南昌市西南。 **西山：**洪崖山。 **物换星移：**形容时代变迁，万物更替。 **帝子：**指滕王李元婴，唐高祖李渊的第二十二子，滕王阁的创建者。 **槛：**栏杆。

韵解

巍峨(wēi é)的滕王阁下临赣江河流，佩戴美玉响铃的贵族参加的宴会已罢休。
雕梁画栋上飞来了南浦朝云，黄昏时分西山的细雨被卷进了珠帘里头。
白云映在潭中的倒影荡悠悠，世事变换斗转星移不知又过了几个春秋。
当初建楼的滕王元婴在哪里？只剩那栏杆外的江水滔滔不绝向东奔流。

## 三个滕王阁

李元婴 11 岁时，被封为滕王，食禄山东滕州。其间，他修筑楼阁，命名为滕王阁（今已被毁）；后任洪州都督，再次修建楼阁，这就是王勃笔下的滕王阁；龙朔二年（662），他又任隆州（四川阆(làng)中）刺史，在嘉陵江畔的玉台山建造楼阁，这就是杜甫笔下的滕王阁。

## 两大宴会

675 年的秋天，都督阎伯屿为了庆祝重修滕王阁，大宴宾客，王勃也在邀请之列。席上，王勃以文采斐然的《滕王阁序》震惊四座，自此，滕王阁名扬天下。

1363 年，朱元璋在鄱阳湖大败陈友谅，为庆祝胜利，在此举办盛大宴会。

## 最佳改编名句

《滕王阁序》中最著名的句子为：落霞与孤鹜(wù)齐飞，秋水共长天一色。

而此句化用南北朝诗人庾(yǔ)信《马射赋》中的句子：落花与芝盖同飞，杨柳与春旗一色。

王勃只是改了几个景物，意象就变得无比壮阔。

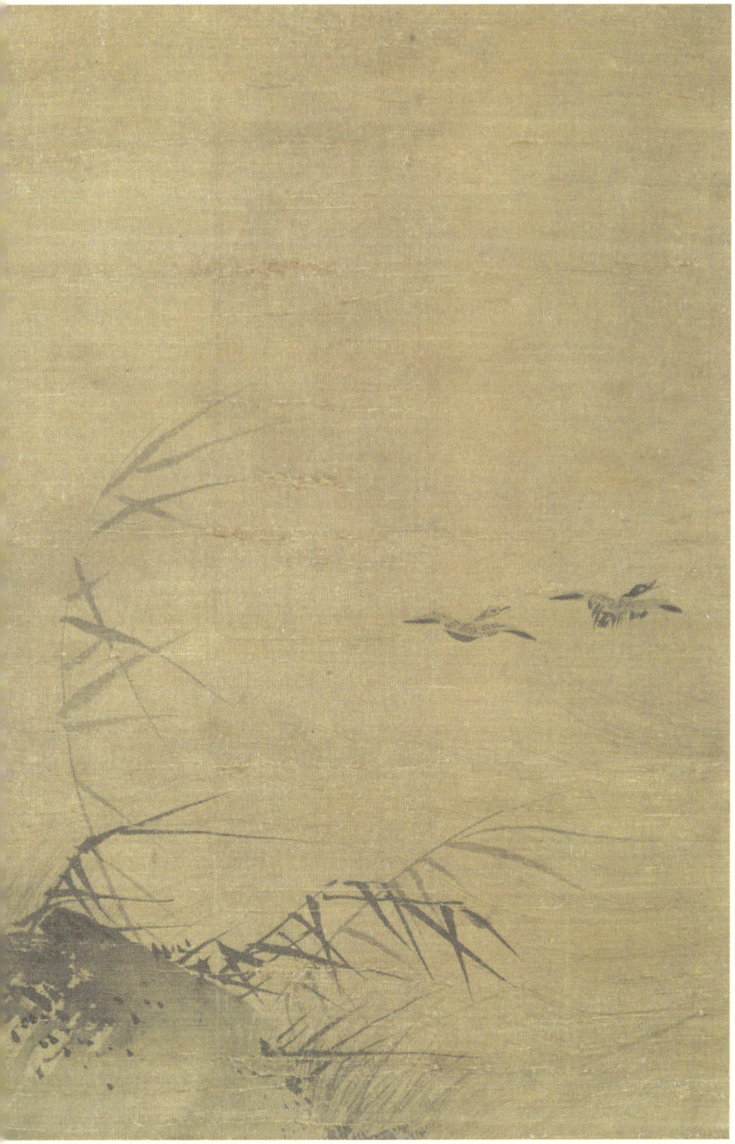

左边哪幅的意境与『落霞与孤鹜齐飞』的意境相似。

# 峨眉山月歌

［唐］李白

峨眉山月半轮秋，影入平羌(qiāng)江水流。

夜发清溪向三峡，思君不见下渝州。

注释

**峨眉山：** 在今四川省峨眉山市西南。 **半轮秋：** 指秋夜的上弦月形似半个车轮。 **平羌：** 即青衣江。 **发：** 出发。 **清溪：** 指峨眉山附近的清溪驿。 **君：** 指作者的友人。 **下：** 顺流而下。 **渝州：** 唐代州名，即今重庆市。

韵解

峨眉山前有半轮明月在天上高悬，月影倒映在平羌江上亮闪闪。夜间乘船从清溪出发直接到三峡，思君不见而去渝州多有留恋。

## 峨眉山是指四座山?

峨眉山不是指一座山，它是由大峨山、二峨山、三峨山、四峨山4座山峰组成的。

## 峨眉派

相传，战国时有位司徒玄空，在峨眉山仿照山猿动作，发明了峨眉通臂拳，因其常穿白衣，人称“白猿祖师”。这就是峨眉武术的起源。由于巴蜀一带的武术派系风格大致相似，久而久之，形成了以峨眉山为主的地域性武术派系——峨眉派。

## 佛教道场

峨眉山是蜚声中外的“佛教圣地”，普贤菩萨的道场。山上有许多跟普贤菩萨有关的建筑，如洗象池，传说普贤菩萨曾在这里洗他的坐骑六齿白象。峨眉山金顶有十方普贤菩萨金像，是目前世界上最大、最高的十方普贤像。

如果你去峨眉山，有可能看到左边哪位菩萨的相关信息？

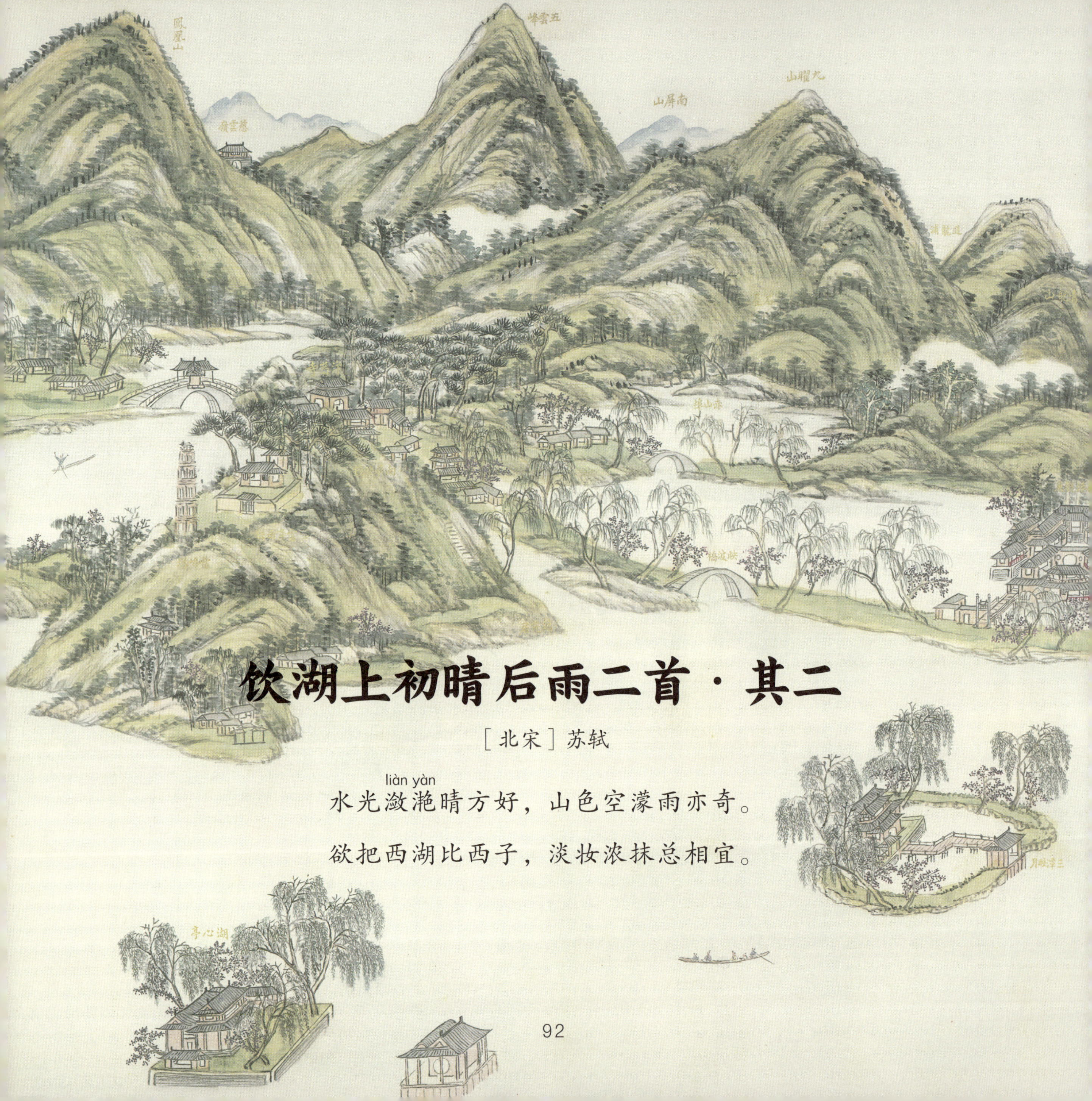


# 饮湖上初晴后雨二首·其二

［北宋］苏轼

liàn yàn
水光潋滟晴方好，山色空濛雨亦奇。

欲把西湖比西子，淡妆浓抹总相宜。

**注释**

**湖：**指西湖。 **潋滟：**水面波光闪动的样子。 **方好：**正显得很美。 **空濛：**细雨迷蒙的样子。 **西子：**西施，原名施夷光，古代四大美女之一。 **相宜：**显得合适，十分自然。

**韵解**

天气晴朗时水波粼粼闪着微光，细雨迷蒙中群山显得空灵而渺茫。若把西湖比作绝代美人施夷光，无论淡妆浓抹总是自然相得益彰。

## 西湖十景

苏堤春晓、曲院风荷、平湖秋月、断桥残雪、柳浪闻莺、花港观鱼、雷峰夕照、双峰插云、南屏晚钟、三潭印月。

## 三座桥，三个故事

断桥:《白蛇传》中许仙和白娘子相识于此，借伞定情。

长桥：梁山伯与祝英台在西湖上的万松书院同窗共读，曾在长桥送别，你送过来，我送过去，来回送了十八次。

西泠(líng)桥：钱塘名伎苏小小与宰相之子阮(ruǎn)郁相识于此，写诗定情。

## 西湖的别称

西子湖、金牛湖、钱塘湖。

左边是「西湖十景」中的三个，判断分别是哪个景点。

# 答案

P7

P11

P15

P19

P23

P27

P31

P35

P39

P43

P47

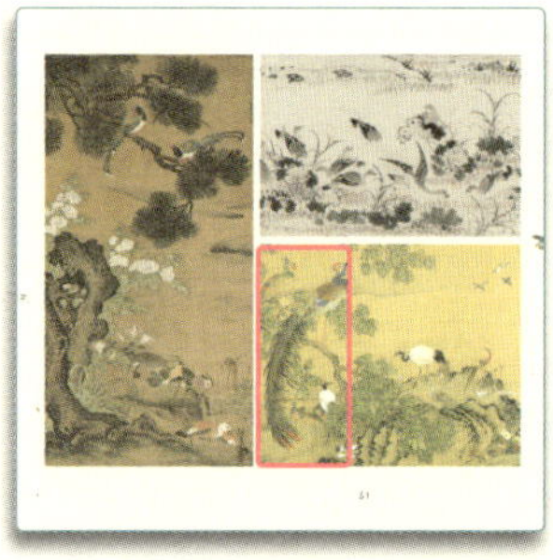
P51

P55

P59

P63

P67

P71

P75

P79

P83

P87

P91

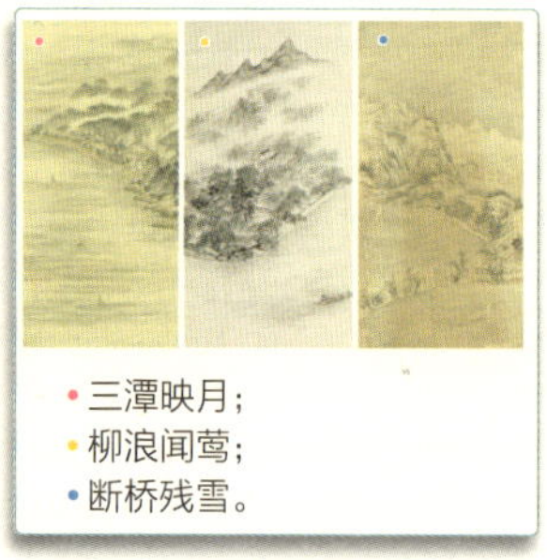

P95